FABLES

ET

MORCEAUX DIVERS

AVERTISSEMENT

Ce Recueil renferme quatre parties : la première se compose des plus belles fables de la Fontaine ; la seconde, des meilleures et des plus intéressantes de Florian ; la troisième, d'un choix varié fait dans nos autres fabulistes français, moyennant des corrections, suppressions et additions nombreuses ; la quatrième,

Avant l'oût[1], foi d'animal,
Intérêt et principal[2].
La fourmi n'est pas prêteuse ;
C'est là son moindre défaut.
Que faisiez-vous au temps chaud ?
Dit-elle à cette emprunteuse.
— Nuit et jour, à tout venant,
Je chantais, ne vous déplaise.
— Vous chantiez ! j'en suis fort aise.
Eh bien ! dansez maintenant.

II. — LE LOUP ET L'AGNEAU.

La raison du plus fort est toujours la meilleure[3].
Nous l'allons montrer tout à l'heure.

Un agneau se désaltérait
Dans le courant d'une onde pure.
Un loup survient à jeun, qui cherchait aventure,
Et que la faim en ces lieux attirait.
Qui te rend si hardi de troubler mon breuvage ?
Dit cet animal plein de rage.
Tu seras châtié de ta témérité.
Sire, répond l'agneau, que votre Majesté

1 Le mois d'août, temps de la moisson.
2 La somme et l'intérêt.
3 C'est trop souvent une réalité dans le monde, mais ce
n'en est pas moins un principe faux et injuste.

Ne se mette pas en colère,
Mais plutôt qu'elle considère
Que je me vas désaltérant
    Dans le courant,
Plus de vingt pas au-dessous d'elle ;
Et que, par conséquent, en aucune façon,
   Je ne puis troubler sa boisson.
Tu la troubles ! reprit cette bête cruelle,
Et je sais que de moi tu médis l'an passé.
Comment l'aurais-je fait si je n'étais pas né ?
Reprit l'agneau ; je tette encor ma mère.
    — Si ce n'est toi, c'est donc ton frère.
— Je n'en ai point.— C'est donc quelqu'un des tiens ;
    Car vous ne m'épargnez guère,
    Vous, vos bergers et vos chiens.
On me l'a dit, il faut que je me venge.
    Là-dessus, au fond des forêts
    Le loup l'emporte, et puis le mange,
    Sans autre forme de procès.

III. — LE CORBEAU ET LE RENARD.

Maître corbeau, sur un arbre perché,
    Tenait en son bec un fromage.
Maître renard, par l'odeur alléché,
    Lui tint à peu près ce langage :
    Hé ! bonjour, monsieur du Corbeau !

Que vous êtes joli! que vous me semblez beau!

    Sans mentir, si votre ramage

    Se rapporte à votre plumage,

Vous êtes le phénix [1] des hôtes [2] de ces bois.

A ces mots, le corbeau ne se sent pas de joie ;

    Et, pour montrer sa belle voix,

Il ouvre un large bec, laisse tomber sa proie.

Le renard s'en saisit, et dit : Mon beau monsieur,

    Apprenez que tout flatteur

  Vit aux dépens de celui qui l'écoute ;

Cette leçon vaut bien un fromage, sans doute!

    Le corbeau, honteux et confus,

Jura, mais un peu tard, qu'on ne l'y prendrait plus.

IV. — LA GRENOUILLE QUI SE VEUT FAIRE AUSSI GROSSE
QUE LE BŒUF.

    Une grenouille vit un bœuf

    Qui lui sembla de belle taille.

Elle, qui n'était pas grosse en tout comme un œuf,

Envieuse, s'étend, et s'enfle, et se travaille,

    Pour égaler l'animal en grosseur,

    Disant : Regardez bien, ma sœur ;

Est-ce assez? dites-moi; n'y suis-je point encore?

— Nenni. — M'y voici donc? — Point du tout. — M'y

— Vous n'en approchez point. La chétive pécore [voilà?

[1] Oiseau fabuleux, réputé le plus beau des oiseaux.

[2] Habitants.

S'enfla si bien qu'elle creva.

Le monde est plein de gens qui ne sont pas plus sages,
Tout bourgeois veut bâtir comme les grands seigneurs
Tout petit prince a des ambassadeurs;
Tout marquis veut avoir des pages.

V. — LE RAT DE VILLE ET LE RAT DES CHAMPS.

Autrefois le rat de ville
Invita le rat des champs,
D'une façon fort civile,
A des reliefs d'ortolans [1].

Sur un tapis de Turquie
Le couvert se trouva mis.
Je laisse à penser la vie
Que firent les deux amis.

Le régal fut fort honnête;
Rien ne manquait au festin;
Mais quelqu'un troubla la fête,
Pendant qu'ils étaient en train.

A la porte de la salle
Ils entendirent du bruit :
Le rat de ville détale;
Son camarade le suit.

[1] Restes d'ortolans, oiseaux fort estimés des gourmets.

Le bruit cesse, on se retire :
Rats en campagne aussitôt ;
Et le citadin [1] de dire :
Achevons tout notre rôt.

C'est assez, dit le rustique [2] :
Demain vous viendrez chez moi.
Ce n'est pas que je me pique
De tous vos festins de roi.

Mais rien ne vient m'interrompre ;
Je mange tout à loisir.
Adieu donc. Fi du plaisir
Que la crainte peut corrompre !

VI. — LE RENARD ET LES RAISINS.

Certain renard gascon, d'autres disent normand,
Mourant presque de faim, vit au haut d'une treille
    Des raisins mûrs apparemment,
    Et couverts d'une peau vermeille.
Le galant en eût fait volontiers un repas ;
    Mais comme il n'y pouvait atteindre :
« Ils sont trop verts, dit-il, et bons pour des goujats »

    Fit-il pas mieux que se plaindre ?

[1] Le rat de ville.
[2] Le rat des champs.

VII. — Le Chat et le Vieux Rat.

J'ai lu chez un conteur de fables
Qu'un second Rodilard[1], l'Alexandre[2] des chats,
   L'Attila[3], le fléau des rats,
   Rendait ces derniers misérables ;
   J'ai lu, dis-je, en certain auteur,
   Que ce chat exterminateur,
Vrai Cerbère[4], était craint une lieue à la ronde.
Il voulait de souris dépeupler tout le monde.
Les planches qu'on suspend sur un léger appui,
   La mort-aux-rats, les souricières,
   N'étaient que jeux au prix de lui.
   Comme il voit que dans leurs tanières
   Les souris étaient prisonnières,
Qu'elles n'osaient sortir, qu'il avait beau chercher,
Le galant fait le mort, et du haut d'un plancher
Se pend la tête en bas : la bête scélérate
A de certains cordons se tenait par la patte.
Le peuple des souris croit que c'est châtiment,
Qu'il a fait un larcin de rôt ou de fromage,
Égratigné quelqu'un, causé quelque dommage ;
Enfin, qu'on a pendu le mauvais garnement.
   Toutes, dis-je, unanimement,

1 Nom d'un chat terrible dans la Fontaine.
2 Conquérant célèbre.
3 Conquérant barbare, qui s'appelait le Fléau de Dieu.
4 Chien à trois têtes, gardien des enfers.

Se promettent de rire à son enterrement,

Mettent le nez à l'air, montrent un peu la tête,

  Puis rentrent dans leurs nids à rats,

  Puis, ressortant, font quatre pas,

  Puis enfin se mettent en quête.

  Mais voici bien une autre fête :

Le pendu ressuscite ; et, sur ses pieds tombant,

  Attrape les plus paresseuses.

Nous en savons plus d'un, dit-il en les gobant :

C'est tour de vieille guerre, et vos cavernes creuses

Ne vous sauveront pas, je vous en avertis :

  Vous viendrez toutes au logis.

Il prophétisait vrai : notre maître Mitis[1]

Pour la seconde fois les trompe et les affine,

  Blanchit sa robe et s'enfarine,

  Et, de la sorte déguisé,

Se niche et se blottit dans une huche ouverte.

  Ce fut à lui bien avisé :

La gent trotte-menu s'en vient chercher sa perte.

Un rat, sans plus, s'abstient d'aller flairer autour :

C'était un vieux routier, il savait plus d'un tour ;

Même il avait perdu sa queue à la bataille.

Ce bloc enfariné ne me dit rien qui vaille,

S'écria-t-il de loin au général des chats :

Je soupçonne dessous encor quelque machine ;

---

1 Nom du chat

Rien ne te sert d'être farine,
Car, quand tu serais sac, je n'approcherais pas.

C'était bien dit à lui, j'approuve sa prudence ;
　　Il était expérimenté,
　　Et savait que la méfiance
　　Est mère de la sûreté.

VIII.— La Mort et le Malheureux.

Un malheureux appelait tous les jours
　　La mort à son secours.
« O mort ! lui disait-il, que tu me sembles belle !
Viens vite, viens finir ma fortune cruelle ! »
La mort crut, en venant, l'obliger en effet.
Elle frappe à sa porte, elle entre, elle se montre.
« Que vois-je ? cria-t-il : ôtez-moi cet objet !
　　Qu'il est hideux ! que sa rencontre
　　Me cause d'horreur et d'effroi !
N'approche pas, ô mort ! ô mort, retire-toi ! »

IX.— Le Renard et la Cigogne.

Compère le renard se mit un jour en frais,
Et retint à dîner commère la cigogne.
　　Le régal fut petit et sans beaucoup d'apprêts :
　　Le galant, pour toute besogne,
Avait un brouet clair ; il vivait chichement.

1.

Ce brouet fut par lui servi sur une assiette.
La cigogne au long bec n'en put attraper miette,
Et le drôle eut lapé le tout en un moment.
    Pour se venger de cette tromperie,
A quelque temps de là, la cigogne le prie.
Volontiers, lui dit-il, car avec mes amis
        Je ne fais point cérémonie.
    A l'heure dite, il courut au logis
        De la cigogne, son hôtesse,
        Loua très-fort sa politesse,
        Trouva le dîner cuit à point.
Bon appétit surtout, renards n'en manquent point.
Il se réjouissait à l'odeur de la viande
Mise en menus morceaux et qu'il croyait friande.
        On servit, pour l'embarrasser,
En un vase à long col et d'étroite embouchure,
Le bec de la cigogne y pouvait bien passer ;
Mais le museau du sire était d'autre mesure.
Il lui fallut à jeun retourner au logis,
Honteux comme un renard qu'une poule aurait pris,
    Serrant la queue et portant bas l'oreille.

        Trompeurs, c'est pour vous que j'écris :
        Attendez-vous à la pareille.

X. — Le Meunier, son Fils et l'Âne.

J'ai lu dans quelque endroit qu'un meunier et son fils,
L'un vieillard, l'autre enfant, non pas des plus petits,
Mais garçon de quinze ans, si j'ai bonne mémoire,
Allaient vendre leur âne un certain jour de foire.
Afin qu'il fût plus frais et de meilleur débit,
On lui lia les pieds, on vous le suspendit;
Puis cet homme et son fils le portent comme un lustre.
Pauvres gens ! idiots ! couple ignorant et rustre !
Le premier qui les vit de rire s'éclata :
Quelle farce, dit-il, vont jouer ces gens-là ?
Le plus âne des trois n'est pas celui qu'on pense.
Le meunier, à ces mots, connaît son ignorance.
Il met sur pieds sa bête, et la fait détaler.
L'âne, qui goûtait fort l'autre façon d'aller,
Se plaint en son patois. Le meunier n'en a cure;
Il fait monter son fils, il suit ; et d'aventure
Passent trois bons marchands. Cet objet leur déplut.
Le plus vieux au garçon s'écria tant qu'il put :
Oh là! oh! descendez, que l'on ne vous le dise,
Jeune homme, qui menez laquais à barbe grise !
C'était à vous de suivre, au vieillard de monter.
Messieurs, dit le meunier, il vous faut contenter.
L'enfant met pied à terre, et puis le vieillard monte ;
Quand, trois filles passant, l'une dit : C'est grand'honte
Qu'il faille voir ainsi clocher ce jeune fils,

Tandis que ce nigaud, comme un milord assis,
Fait le veau sur son âne, et pense être bien sage.
Il n'est, dit le meunier, plus de veaux à mon âge :
Passez votre chemin, la fille, et m'en croyez.
Après maints quolibets [1] coup sur coup renvoyés,
L'homme crut avoir tort, et mit son fils en croupe.
Au bout de trente pas, une troisième troupe
Trouve encore à gloser. L'un dit : Ces gens sont fous !
Le baudet n'en peut plus : il mourra sous leurs coups.
Eh quoi ! charger ainsi cette pauvre bourrique !
N'ont-ils point de pitié de leur vieux domestique ?
Sans doute qu'à la foire ils vont vendre sa peau.
Parbleu ! dit le meunier, est bien fou du cerveau
Qui prétend contenter tout le monde et son père.
Essayons toutefois si par quelque manière
Nous en viendrons à bout. Ils descendent tous deux.
L'âne, se prélassant, marche seul devant eux.
Un quidam [2] les rencontre, et dit : Est-ce la mode
Que baudet aille à l'aise, et meunier s'incommode ?
Qui de l'âne ou du maître est fait pour se lasser ?
Je conseille à ces gens de le faire enchâsser.
Ils usent leurs souliers, et conservent leur âne !
Nicolas, au rebours ; car, quand il va voir Jeanne,
Il monte sur sa bête, et la chanson le dit.
Beau trio de baudets ! Le meunier repartit :

[1] Raillerie piquante.
[2] Un homme quelconque ; prononcez *ki dam*.

Je suis âne, il est vrai, j'en conviens, je l'avoue ;
Mais que dorénavant on me blâme, on me loue,
Qu'on dise quelque chose ou qu'on ne dise rien,
J'en veux faire à ma tête. Il le fit, et fit bien.

XI. — LE LOUP DEVENU BERGER.

Un loup, qui commençait d'avoir petite part
    Aux brebis de son voisinage,
Crut qu'il fallait s'aider de la peau d'un renard,
    Et faire un nouveau personnage.
Il s'habille en berger, endosse un hoqueton,
    Fait sa houlette d'un bâton,
    Sans oublier la cornemuse.
    Pour pousser jusqu'au bout la ruse,
Il aurait volontiers écrit sur son chapeau :
« C'est moi qui suis Guillot, berger de ce troupeau. »
    Sa personne étant ainsi faite
Et ses pieds de devant placés sur sa houlette,
Guillot le sycophante [1] approche doucement.
Guillot, le vrai Guillot, étendu sur l'herbette,
    Dormait alors profondément :
Son chien dormait aussi, comme aussi sa musette [2] ;
La plupart des brebis dormaient tranquillement.

[1] Fourbe, coquin.
[2] Instrument de musique.

L'hypocrite les laissa faire ;
Et, pour pouvoir mener vers son fort les brebis,
Il voulut ajouter la parole aux habits,
    Chose qu'il croyait nécessaire.
    Mais cela gâta son affaire :
Il ne put du pasteur contrefaire la voix.
Le ton dont il parla fit retentir les bois,
    Et découvrit tout le mystère.
    Chacun se réveille à ce son ,
    Les brebis, le chien, le garçon.
    Le pauvre loup, dans cet esclandre [1],
    Empêché par son hoqueton [2],
    Ne put ni fuir, ni se défendre.

XII. — LE LION ET LE MOUCHERON.

Va-t'en, chétif insecte, excrément de la terre!
    C'est en ces mots que le lion
    Parlait un jour au moucheron.
    L'autre lui déclara la guerre.
Penses-tu, lui dit-il, que ton titre de roi
    Me fasse peur ni me soucie ?
    Un bœuf est plus puissant que toi,
    Je le mène à ma fantaisie.
    A peine il achevait ces mots,

1 Accident fâcheux, triste aventure.
2 Habit de berger.

Que lui-même il sonna la charge,
Fut le trompette et le héros.
Dès l'abord il se met au large ;
Puis prend son temps, fond sur le cou
Du lion qu'il rend presque fou.
Le quadrupède écume, et son œil étincelle ;
Il rugit. On se cache, on tremble à l'environ ;
Et cette alarme universelle
Est l'ouvrage d'un moucheron.
Un avorton de mouche en cent lieux le harcèle,
Tantôt pique l'échine, et tantôt le museau,
Tantôt entre au fond du naseau.
La rage alors se trouve à son faîte montée.
L'invisible ennemi triomphe, et rit de voir
Qu'il n'est griffe ni dent en la bête irritée,
Qui de la mettre en sang ne fasse son devoir.
Le malheureux lion se déchire lui-même,
Fait résonner sa queue à l'entour de ses flancs,
Bat l'air, qui n'en peut mais ; et sa fureur extrême
Le fatigue, l'abat : le voilà sur les dents.
L'insecte du combat se retire avec gloire :
Comme il sonna la charge, il sonne la victoire,
Va partout l'annoncer, et rencontre en chemin
L'embuscade d'une araignée ;
Il y rencontre aussi sa fin.

Quelle chose par là nous peut être enseignée ?
J'en vois deux, dont l'une est qu'entre nos ennemis

Les plus à craindre sont souvent les plus petits ;
L'autre, qu'aux grands périls tel a pu se soustraire,
    Qui périt pour la moindre affaire.

XIII. — LE LION ET LE RAT.

Il faut, autant qu'on peut, obliger tout le monde.
On a souvent besoin d'un plus petit que soi.

. . . .

    Entre les pattes d'un lion,
Un rat sortit de terre assez à l'étourdie.
Le roi des animaux, en cette occasion,
Montra ce qu'il était et lui donna la vie.
    Ce bienfait ne fut pas perdu.
    Quelqu'un aurait-il jamais cru
    Qu'un rat d'un lion eût affaire ?
Cependant il advint[1] qu'au sortir des forêts
    Le lion fut pris dans des rets[2],
Dont ses rugissements ne le purent défaire.
Sire rat accourut, et fit tant par ses dents
Qu'une maille rongée emporta tout l'ouvrage.

    Patience et longueur de temps
    Font plus que force ni que rage.

[1] Il arriva.
[2] Sorte de filets.

XIV. — LE BERGER ET SON TROUPEAU.

Quoi! toujours il me manquera
Quelqu'un de ce peuple imbécile!
Toujours le loup m'en gobera!
J'aurai beau les compter... Ils étaient plus de mille,
Et m'ont laissé ravir notre pauvre Robin!
Robin Mouton, qui par la ville.
Me suivait pour un peu de pain,
Et qui m'aurait suivi jusques au bout du monde!
Hélas! de ma musette il entendait le son :
Il me sentait venir de cent pas à la ronde.
Oh! le pauvre Robin Mouton!
Quand Guillot eut fini cette oraison funèbre
Et rendu de Robin la mémoire célèbre,
Il harangua tout le troupeau,
Les chefs, la multitude, et jusqu'au moindre agneau,
Les conjurant de tenir ferme :
Cela seul suffirait pour écarter les loups.
Foi de peuple d'honneur, ils lui promirent tous
De ne bouger non plus qu'un terme [1].
Nous voulons, dirent-ils, étouffer le glouton
Qui nous a pris Robin Mouton.
Chacun en répond sur sa tête :
Guillot les crut et leur fit fête.

[1] Pas plus qu'une borne.

Cependant, avant qu'il fût nuit,
    Il arriva nouvel encombre [1] :
Un loup parut, tout le troupeau s'enfuit.
Ce n'était pas un loup, ce n'en était que l'ombre.

Haranguez de méchants soldats,
    Ils promettront de faire rage.
Mais, au moindre danger, adieu tout leur courage ;
Votre exemple et vos cris ne les retiendront pas.

XV. — LE LABOUREUR ET SES ENFANTS.

Travaillez, prenez de la peine,
    C'est le fonds qui manque le moins.

Un riche laboureur, sentant sa mort prochaine,
Fit venir ses enfants, leur parla sans témoins.
Gardez-vous, leur dit-il, de vendre l'héritage
    Que nous ont laissé nos parents :
    Un trésor est caché dedans.
Je ne sais pas l'endroit ; mais un peu de courage
Vous le fera trouver : vous en viendrez à bout.
Remuez votre champ, dès qu'on aura fait l'août ;
Creusez, fouillez, béchez ; ne laissez nulle place
    Où la main ne passe et repasse.
Le père mort, les fils vous retournent le champ,
Deçà, delà, partout ; si bien qu'au bout de l'an

Difficulté, accident.

Il en rapporta davantage.
D'argent, point de caché. Mais le père fut sage
De leur montrer, avant sa mort,
Que le travail est un trésor.

XVI. — L'Ane et le Petit Chien.

Ne forçons point notre talent,
Nous ne ferions rien avec grâce :
Jamais un lourdaud, quoi qu'il fasse,
Ne saurait passer pour galant.
Peu de gens, que le ciel chérit et gratifie,
Ont le don d'agréer infus avec la vie.
C'est un point qu'il leur faut laisser,
Et ne pas ressembler à l'âne de la fable,
Qui, pour se rendre plus aimable
Et plus cher à son maître, alla le caresser.
Comment ! disait-il en son âme,
Ce chien, parce qu'il est mignon,
Vivra de pair à compagnon
Avec monsieur, avec madame;
Et j'aurai des coups de bâton !
Que fait-il ? il donne la patte,
Puis aussitôt il est baisé.
S'il en faut faire autant afin que l'on me flatte,
Cela n'est pas bien malaisé.

Dans cette admirable pensée,

Voyant son maître en joie, il s'en vient lourdement,

Lève une corne tout usée [1],

La lui porte au menton fort amoureusement,

Non sans accompagner, pour plus grand ornement,

De son chant gracieux cette action hardie.

Oh ! oh ! quelle caresse ! et quelle mélodie !

Dit le maître aussitôt. Holà ! Martin-Bâton !

Martin-Bâton accourt : l'âne change de ton.

Ainsi finit la comédie.

XVII. — Le Loup, la Chèvre et le Chevreau.

La bique [2], allant remplir sa traînante mamelle

Et paître l'herbe nouvelle,

Ferma la porte au loquet :

Non sans dire à son biquet

« Gardez-vous, sur votre vie,

D'ouvrir, que l'on ne vous die [3],

Pour enseigne et mot du guet [4] :

Foin du loup et de sa race [5] !

Comme elle disait ces mots,

Le loup, de fortune [6], passe ;

[1] La corne de son pied.   [4] Mot d'ordre convenu.
[2] Chèvre.   [5] Sorte de malédiction.
[3] Pour *dise*.   [6] Par hasard.

Il les recueille à propos,
Et les garde en sa mémoire.
La bique, comme on peut croire,
N'avait pas vu le glouton.
Dès qu'il la voit partie, il contrefait son ton,
Et, d'une voix papelarde,
Il demande qu'on ouvre, en disant : Foin du loup !
Et croyant entrer tout d'un coup.
Le biquet soupçonneux par la fente regarde :
Montrez-moi patte blanche, ou je n'ouvrirai point,
S'écria-t-il d'abord. Patte blanche est un point
Chez les loups, comme on sait, rarement en usage.
Celui-ci, fort surpris d'entendre ce langage,
Comme il était venu s'en retourna chez soi.
Où serait le biquet s'il eût ajouté foi
Au mot du guet, que, de fortune,
Notre loup avait entendu ?

Deux sûretés valent mieux qu'une,
Et le trop en cela ne fut jamais perdu.

XVIII. — LE RENARD AYANT LA QUEUE COUPÉE.

Un vieux renard, mais des plus fins,
Grand croqueur de poulets, grand preneur de lapins,
Sentant son renard d'une lieue,
Fut enfin au piége attrapé.

Par grand hasard en étant échappé,
Non pas franc, car pour gage il y laissa sa queue ;
S'étant, dis-je, sauvé, sans queue et tout honteux,
Pour avoir des pareils (comme il était habile),
Un jour que les renards tenaient conseil entre eux :
« Que faisons-nous, dit-il, de ce poids inutile,
Et qui va balayant tous les sentiers fangeux ?
Que vous sert cette queue ? Il faut qu'on se la coupe :
Si l'on me croit, chacun s'y résoudra. »
Votre avis est fort bon, dit quelqu'un de la troupe ;
Mais tournez-vous, de grâce, et l'on vous répondra.
A ces mots il se fit une telle huée,
Que le pauvre écourté ne put être entendu.
Prétendre ôter la queue eût été temps perdu
La mode en fut continuée.

XIX. — LE CHEVAL ET LE LOUP.

Un certain loup, dans la saison
Que les tièdes zéphyrs [1] ont l'herbe rajeunie,
Et que les animaux quittent tous la maison
Pour s'en aller chercher leur vie ;
Un loup, dis-je, au sortir des rigueurs de l'hiver,
Aperçut un cheval qu'on avait mis au vert [2].
Je laisse à penser quelle joie !

[1] Vents doux.
[2] Dans la prairie.

« Bonne chasse, dit-il, qui l'aurait à son croc :
Eh ! que n'es-tu mouton ! car tu me serais *hoc* [1],
Au lieu qu'il faut ruser pour avoir cette proie.
Rusons donc. » Ainsi dit, il vient à pas comptés,
   Se dit écolier d'Hippocrate [2],
Qu'il connaît les vertus et les propriétés
   De tous les simples [3] de ces prés ;
   Qu'il sait guérir, sans qu'il se flatte,
Toutes sortes de maux. Si dom Coursier voulait
   Ne point celer sa maladie,
   Lui, loup, gratis le guérirait ;
   Car le voir en cette prairie
   Paître ainsi sans être lié,
Témoignait quelque mal, selon la médecine.
   « J'ai, dit la bête chevaline,
   Un apostume [4] sous le pied.
« Mon fils, dit le docteur, il n'est point de partie
   Susceptible de tant de maux.
J'ai l'honneur de servir nos seigneurs les chevaux,
   Et fais aussi la chirurgie. »
Mon galant ne songeait qu'à bien prendre son temps,
   Afin de happer son malade.
L'autre, qui s'en doutait, lui lâche une ruade

1 Ma proie.
2 Célèbre médecin grec.
3 Plantes.
4 Tumeur, abcès.

Qui vous lui met en marmelade
Les mandibules [1] et les dents.

XX. — L'Ane portant des reliques.

Un baudet [2] chargé de reliques
S'imagina qu'on l'adorait :
Dans ce penser il se carrait [3],
Recevant comme siens l'encens et les cantiques.
Quelqu'un vit l'erreur et lui dit :
« Maître baudet, ôtez-vous de l'esprit
Une vanité si folle.
Ce n'est pas vous, c'est l'idole [4]
A qui cét honneur se rend,
Et que la gloire en est due.
D'un magistrat ignorant
C'est la robe qu'on salue. »

XXI. — L'Ours et les Deux Compagnons.

Deux compagnons, pressés d'argent,
A leur voisin fourreur [5] vendirent

[1] Les mâchoires.
[2] Un âne.
[3] Marchait avec prétention.
[4] Mot impropre pour exprimer un objet saint
[5] Marchand de fourrures pour l'hiver.

La peau d'un ours encor vivant,
Mais qu'ils tûraient bientôt, du moins à ce qu'ils dirent.
C'était le roi des ours ; au compte de ces gens,
Le marchand à sa peau devait faire fortune ;
Elle garantirait des froids les plus cuisants,
On en pourrait fourrer plutôt deux robes qu'une.
Dindenaut[1] prisait moins ses moutons qu'eux leur ours;
Leur, à leur compte, et non à celui de la bête.
S'offrant de la livrer au plus tard dans deux jours,
Ils conviennent de prix et se mettent en quête,
Trouvent l'ours qui s'avance et vient vers eux au trot.
Voilà mes gens frappés comme d'un coup de foudre.
Le marché ne tint pas, il fallut le résoudre[2] ;
D'intérêts[3] contre l'ours, on n'en dit pas un mot.
L'un des deux compagnons grimpe au faîte d'un arbre;
        L'autre, plus froid que n'est un marbre,
Se couche sur le nez, fait le mort, tient son vent[4],
        Ayant quelque part ouï dire
        Que l'ours s'acharne peu souvent
Sur un corps qui ne vit, ne meut[5], ni ne respire.
Seigneur ours, comme un sot, donna dans ce panneau ;
Il voit ce corps gisant, le croit privé de vie ;

1 Marchand de moutons.
2 Le rompre.
3 De dédommagements.
4 Son haleine.
5 Ne se remue.

Et, de peur de supercherie,
Le tourne, le retourne, approche son museau,
    Flaire aux passages de l'haleine.
C'est, dit-il, un cadavre; ôtons-nous, car il sent.
A ces mots, l'ours s'en va dans la forêt prochaine.
L'un de nos deux marchands de son arbre descend,
Court à son compagnon, lui dit que c'est merveille
Qu'il n'ait eu seulement que la peur pour tout mal.
Eh bien! ajouta-t-il, la peau de l'animal?
    Mais que t'a-t-il dit à l'oreille?
    Car il t'approchait de bien près,
    Te retournant avec sa serre.
    — Il m'a dit qu'il ne faut jamais
Vendre la peau de l'ours, qu'on ne l'ait mis par terre.

XXII. — LE COCHE ET LA MOUCHE.

Dans un chemin montant, sablonneux, malaisé,
Et de tous les côtés au soleil exposé,
    Six forts chevaux tiraient un coche [1].
Femmes, moines, vieillards, tout était descendu;
L'attelage suait, soufflait, était rendu.
Une mouche survient et des chevaux s'approche,
Prétend les animer par son bourdonnement,
Pique l'un, pique l'autre, et pense à tout moment

[1] Grosse voiture.

Qu'elle fait aller la machine,
S'assied sur le timon, sur le nez du cocher.
Aussitôt que le char chemine,
Et qu'elle voit les gens marcher,
Elle s'en attribue uniquement la gloire,
Va, vient, fait l'empressé₃; il semble que ce soit
Un sergent de bataille allant en chaque endroit
Faire avancer ses gens et hâter la victoire.
La mouche, en ce commun besoin,
Se plaint qu'elle agit seule et qu'elle a tout le soin;
Qu'aucun n'aide aux chevaux à se tirer d'affaire.
Le moine disait son bréviaire;
Il prenait bien son temps! Une femme chantait :
C'était bien de chansons qu'alors il s'agissait!
Dame mouche s'en va chanter à leurs oreilles,
Et fait cent sottises pareilles.
Après bien du travail, le coche arrive au haut.
Respirons maintenant! dit la mouche aussitôt :
J'ai tant fait que nos gens sont enfin dans la plaine.
Çà, messieurs les chevaux, payez-moi de ma peine.

Ainsi certaines gens, faisant les empressés,
S'introduisent dans les affaires;
Ils font partout les nécessaires;
Et, partout importuns, devraient être chassés.

XXIII. — La Laitière et le Pot au lait.

Perrette, sur sa tête ayant un pot au lait,
  Bien posé sur un coussinet,
Prétendait arriver sans encombre[1] à la ville.
Légère et court vêtue, elle allait à grands pas,
Ayant mis ce jour-là, pour être plus agile,
  Cotillon simple et souliers plats.
  Notre laitière, ainsi troussée,
  Comptait déjà dans sa pensée
Tout le prix de son lait, en employait l'argent,
Achetait un cent d'œufs, faisait triple couvée;
La chose allait à bien par son soin diligent.
  Il m'est, disait-elle, facile
D'élever des poulets autour de ma maison;
  Le renard sera bien habile
S'il ne m'en laisse assez pour avoir un cochon.
Le porc à s'engraisser coûtera peu de son;
Il était, quand je l'eus, de grosseur raisonnable;
J'aurai, le revendant, de l'argent bel et bon.
Et qui m'empêchera de mettre en notre étable,
Vu le prix dont il est, une vache et son veau,
Que je verrai sauter au milieu du troupeau?
Perrette là-dessus saute aussi, transportée;
Le lait tombe; adieu veau, vache, cochon, couvée.

1 Embarras, accident.

La dame de ces biens, quittant d'un œil marri [1]
  Sa fortune ainsi répandue,
Va s'excuser à son mari,
  En grand danger d'être battue.
Le récit en farce en fut fait ;
On l'appela le Pot au lait.

XXIV. — LE SAVETIER ET LE FINANCIER.

Un savetier chantait du matin jusqu'au soir ;
  C'était merveille de le voir,
Merveille de l'ouïr ; il faisait des passages [2],
  Plus content qu'aucun des sept sages [3].
Son voisin, au contraire, étant tout cousu d'or,
  Chantait peu, dormait moins encor ;
  C'était un homme de finance.
Si sur le point du jour parfois il sommeillait,
Le savetier alors en chantant l'éveillait,
  Et le financier se plaignait
  Que les soins de la Providence
N'eussent pas au marché fait vendre le dormir,
  Comme le manger et le boire.
  En son hôtel il fait venir

1 Affligé.
2 Roulements de voix.
3 Sept philosophes grecs très-renommés.

Le chanteur, et lui dit : Or çà, sire Grégoire,
Que gagnez-vous par an ? — Par an ! ma foi, monsieur,
   Dit avec un ton de rieur
Le gaillard savetier, ce n'est point ma manière
De compter de la sorte ; et je n'entasse guère
  Un jour sur l'autre ; il suffit qu'à la fin
    J'attrape le bout de l'année :
    Chaque jour amène son pain.
  — Eh bien ! que gagnez-vous, dites-moi, par journée ?
  — Tantôt plus, tantôt moins : le mal est que toujours
(Et sans cela nos gains seraient assez honnêtes),
Le mal est que dans l'an s'entremêlent des jours
   Qu'il faut chômer ; on nous ruine en fêtes ;
L'une fait tort à l'autre, et monsieur le curé
De quelque nouveau saint charge toujours son prône.
Le financier, riant de sa naïveté,
Lui dit : Je vous veux mettre aujourd'hui sur le trône.
Prenez ces cent écus : gardez-les avec soin,
   Pour vous en servir au besoin.
Le savetier crut voir tout l'argent que la terre
    Avait, depuis plus de cent ans,
    Produit pour l'usage des gens.
Il retourne chez lui ; dans sa cave il enserre
    L'argent, et sa joie à la fois.
    Plus de chant : il perdit la voix,
Du moment qu'il gagna ce qui cause nos peines.
   Le sommeil quitta son logis ;

Il eut pour hôtes les soucis,
  Les soupçons, les alarmes vaines ;
Tout le jour il avait l'œil au guet ; et la nuit,
  Si quelque chat faisait du bruit,
Le chat prenait l'argent. A la fin le pauvre homme
S'en courut chez celui qu'il ne réveillait plus :
Rendez-moi, lui dit-il, mes chansons et mon somme [1],
  Et reprenez vos cent écus.

XXV. — L'Ane et le Chien.

Il se faut entr'aider, c'est la loi de nature.
  L'âne un jour pourtant s'en moqua,
  Et ne sais comme il y manqua,
  Car il est bonne créature.
Il allait par pays, accompagné du chien,
  Gravement, sans songer à rien,
  Tous deux suivis d'un commun maître.
Ce maître s'endormit. L'âne se mit à paître ;
  Il était alors dans un pré
  Dont l'herbe était fort à son gré.
Point de chardons pourtant, il s'en passa pour l'heure
Il ne faut pas toujours être si délicat ;
  Et, faute de servir ce plat,

---

1 Sommeil.

Rarement un festin demeure [1].

Notre baudet s'en sut enfin

Passer pour cette fois. Le chien, mourant de faim,

Lui dit : Cher compagnon, baisse-toi, je te prie,

Je prendrai mon dîné dans le panier au pain.

Point de réponse ; mot [2] : le roussin d'Arcadie [3]

Craignit qu'en perdant un moment,

Il ne perdît un coup de dent.

Il fit longtemps la sourde oreille ;

Enfin il répondit : Ami, je te conseille

D'attendre que ton maître ait fini son sommeil ;

Car il te donnera sans faute, à son réveil,

Ta portion accoutumée ;

Il ne saurait tarder beaucoup.

Sur ces entrefaites, un loup

Sort du bois et s'en vient : autre bête affamée.

L'âne appelle aussitôt le chien à son secours.

Le chien ne bouge, et dit : Ami, je te conseille

De fuir, en attendant que ton maître s'éveille ;

Il ne saurait tarder : détale vite, et cours.

Que si ce loup t'atteint, casse-lui la mâchoire,

On t'a ferré de neuf ; et, si tu me veux croire,

Tu l'étendras tout plat. Pendant ce beau discours,

Seigneur loup étrangla le baudet sans remède.

Je conclus qu'il faut qu'on s'entr'aide.

1 Pour *est dédaigné*.
2 Pas un mot.
3 Les ânes sont nombreux en Arcadie.

XXVI. — Le Gland et la Citrouille.

Dieu fait bien ce qu'il fait. Sans en chercher la preuve
En tout cet univers, et l'aller parcourant,
    Dans les citrouilles je la treuve [1].

    Un villageois, considérant
Combien ce fruit est gros et sa tige menue,
A quoi songeait, dit-il, l'auteur de tout cela ?
Il a bien mal placé cette citrouille-là !
    Hé parbleu ! je l'aurais pendue
    A l'un des chênes que voilà ;
    C'eût été justement l'affaire ;
    Tel fruit, tel arbre, pour bien faire.
C'est dommage, Garo [2], que tu n'es point entré
Au conseil de celui que prêche ton curé [3] ;
Tout en eût été mieux ; car pourquoi, par exemple,
Le gland, qui n'est pas gros comme mon petit doigt,
    Ne pend-il pas en cet endroit ?
    Dieu s'est mépris : plus je contemple
Ces fruits ainsi placés, plus il semble à Garo
    Que l'on a fait un quiproquo [4].
Cette réflexion embarrassant notre homme :

[1] Vieux mot, pour *trouve.*
[2] Nom du villageois qui se parle à lui-même.
[3] Le conseil de la divine Providence.
[4] Méprise.

On ne dort point, dit-il, quand on a tant d'esprit.
Sous un chêne aussitôt il va prendre son somme.
Un gland tombe ; le nez du dormeur en pâtit.
Il s'éveille ; et portant la main sur son visage,
Il trouve encor le gland pris au poil du menton.
Son nez meurtri le force à changer de langage :
Oh ! oh ! dit-il, je saigne ! et que serait-ce donc
S'il fût tombé de l'arbre une masse plus lourde,
    Et que ce gland eût été gourde [1] ?
Dieu ne l'a pas voulu : sans doute il eut raison ;
    J'en vois bien à présent la cause.
    En louant Dieu de toute chose,
    Garo retourne à la maison.

XXVII. — LE SINGE ET LE CHAT.

Bertrand avec Raton, l'un singe et l'autre chat,
Commensaux d'un logis, avaient un commun maître.
D'animaux malfaisants c'était un très-bon plat ;
Ils n'y craignaient tous deux aucun, quel qu'il pût être.
Trouvait-on quelque chose au logis de gâté,
L'on ne s'en prenait point aux gens du voisinage :
Bertrand dérobait tout ; Raton, de son côté,
Était moins attentif aux souris qu'au fromage.

Un jour, au coin du feu, nos deux maîtres fripons

[1] Fruit du même genre que la citrouille, mais moins gros.

Regardaient rôtir des marrons.
Les escroquer était une très-bonne affaire ;
Nos galants y voyaient double profit à faire,
Leur bien premièrement, et puis le mal d'autrui.
Bertrand dit à Raton : Frère, il faut aujourd'hui
    Que tu fasses un coup de maître :
Tire-moi ces marrons. Si Dieu m'avait fait naître
    Propre à tirer marrons du feu,
    Certes marrons verraient beau jeu !
Aussitôt fait que dit : Raton, avec sa patte,
    D'une manière délicate,
Écarte un peu la cendre et retire les doigts [1],
    Puis les reporte à plusieurs fois ;
Tire un marron, puis deux, et puis trois en escroque ;
    Et cependant Bertrand les croque.
Une servante vient ; adieu mes gens. Raton
    N'était pas content, ce dit-on.

XXVIII. — LE RENARD ET LE BOUC.

Capitaine renard allait de compagnie
Avec son ami bouc des plus haut encornés :
Celui-ci ne voyait pas plus loin que son nez [2] ;
L'autre était passé maître en fait de tromperie.

[1] Les griffes.
[2] C'est-à-dire, n'était pas rusé.

La soif les obligea de descendre en un puits ;

    Là, chacun d'eux se désaltère.

Après qu'abondamment tous deux en eurent pris.

Le renard dit au bouc : Que ferons-nous, compère ?

Ce n'est pas tout de boire, il faut sortir d'ici.

Lève tes pieds en haut, et tes cornes aussi ;

Mets-les contre le mur ; le long de ton échine[1]

    Je grimperai premièrement ;

    Puis sur tes cornes m'élevant,

    A l'aide de cette machine,

    De ce lieu-ci je sortirai,

    Après quoi je t'en tirerai.

Par ma barbe ! dit l'autre, il est bon ; et je loue

    Les gens bien sensés comme toi.

    Je n'aurais jamais, quant à moi,

    Trouvé ce secret, je l'avoue.

Le renard sort du puits, laisse son compagnon,

    Et vous lui fait un beau sermon

    Pour l'exhorter à patience :

Si le ciel t'eût, dit-il, donné par excellence

Autant de jugement que de barbe au menton,

    Tu n'aurais pas, à la légère,

Descendu dans ce puits. Or, adieu, j'en suis hors :

Tâche de t'en tirer, et fais tous tes efforts ;

    Car, pour moi, j'ai certaine affaire

[1] De ton dos.

Qui ne me permet pas d'arrêter en chemin.
En toute chose il faut considérer la fin [1].

XXIX. — LES ANIMAUX MALADES DE LA PESTE.

Un mal qui répand la terreur,
Mal que le ciel en sa fureur
Inventa pour punir les crimes de la terre,
La peste (puisqu'il faut l'appeler par son nom),
Capable d'enrichir en un jour l'Achéron [2],
Faisait aux animaux la guerre.
Ils ne mouraient pas tous, mais tous étaient frappés ;
On n'en voyait point d'occupés
A chercher le soutien d'une mourante vie ;
Nul mets n'excitait leur envie :
Ni loups ni renards n'épiaient
La douce et l'innocente proie ;
Les tourterelles se fuyaient :
Plus d'amour, partant plus de joie.
Le lion [3] tint conseil, et dit : Mes chers amis,
Je crois que le ciel a permis
Pour nos péchés cette infortune ;

[1] Ce principe est vrai ; mais la conduite du renard est détestable.
[2] Fleuve des enfers, selon les païens.
[3] Le lion est le roi des animaux.

Que le plus coupable de nous
Se sacrifie aux traits du céleste courroux.
Peut-être il obtiendra la guérison commune.
L'histoire nous apprend qu'en de tels accidents
  On fait de pareils dévoûments [1].
Ne nous flattons donc point, voyons sans indulgence
  L'état de notre conscience.
Pour moi, satisfaisant mes appétits gloutons,
  J'ai dévoré force moutons.
  Que m'avaient-ils fait? nulle offense.
Même il m'est arrivé quelquefois de manger
   Le berger.
Je me dévoûrai donc, s'il le faut; mais je pense
Qu'il est bon que chacun s'accuse ainsi que moi;
Car on doit souhaiter, selon toute justice,
  Que le plus coupable périsse.
— Sire, dit le renard, vous êtes trop bon roi;
Vos scrupules font voir trop de délicatesse;
Eh bien! manger moutons, canaille, sotte espèce,
Est-ce un péché? non, non. Vous leur fîtes, seigneur,
  En les croquant, beaucoup d'honneur.
  Et quant au berger, l'on peut dire
  Qu'il était digne de tous maux,
Étant de ces gens-là qui sur les animaux

---

1 Chez les païens, on voyait des hommes s'offrir à la mort
pour apaiser les dieux.
 Pour *dévouerai*; en prose ce serait une faute.

Se font un chimérique empire [1].

Ainsi dit le renard ; et flatteurs d'applaudir.

On n'osa trop approfondir

Du tigre, ni de l'ours, ni des autres puissances,

Les moins pardonnables offenses [2] :

Tous les gens querelleurs, jusqu'aux simples mâtins [3],

Au dire de chacun, étaient de petits saints.

L'âne vint à son tour, et dit : J'ai souvenance

Qu'en un pré de moines passant,

La faim, l'occasion, l'herbe tendre, et je pense

Quelque diable aussi me poussant,

Je tondis de ce pré la largeur de ma langue.

Je n'en avais nul droit, puisqu'il faut parler net.

A ces mots, on cria haro [4] sur le baudet !

Un loup quelque peu clerc [5] prouva, par sa harangue,

Qu'il fallait dévouer ce maudit animal,

Ce pelé, ce galeux d'où venait tout leur mal.

Sa peccadille fut jugée un cas pendable :

Manger l'herbe d'autrui ! Quel crime abominable !

Rien que la mort n'était capable

D'expier son forfait. On le lui fit bien voir.

Selon que vous serez puissant ou misérable,

Les jugements de cour vous rendront blanc ou noir.

[1] C'est-à-dire usurpent l'autorité.
[2] Parce qu'on les craignait.
[3] Chiens.
[4] Malédiction, cri de haine.
[5] Lettré, savant, surtout dans les lois.

XXX. — Le Chat, la Belette et le Petit Lapin.

Du palais d'un jeune lapin

Dame belette, un beau matin,

S'empara ; c'est une rusée.

Le maître étant absent, ce lui fut chose aisée.

Elle porta chez lui ses pénates[1], un jour

Qu'il était allé faire à l'Aurore[2] sa cour,

Parmi le thym[3] et la rosée.

Après qu'il eut brouté, trotté, fait tous ses tours,

Jeannot Lapin retourne aux souterrains séjours[4].

La belette avait mis le nez à la fenêtre.

O Dieux hospitaliers ! que vois-je ici paraître ?

Dit l'animal chassé du paternel logis.

Holà ! madame la belette,

Que l'on déloge sans trompette,

Ou je vais avertir tous les rats du pays[5].

La dame au nez pointu répondit que la terre

Était au premier occupant[6].

C'était un beau sujet de guerre

---

1 Dieux domestiques, chez les païens ; — c'est-à-dire, elle s'établit chez lui.

2 L'Aurore était une divinité païenne ; le lapin semblait lui faire la cour en allant dans les champs à son lever.

3 Plante aromatique ; prononcez *tin*.

4 A son terrier.

5 Les rats sont ennemis des belettes.

6 A celui qui s'en empare le premier.

Qu'un logis où lui-même il n'entrait qu'en rampant.

    Et quand ce serait un royaume,

Je voudrais bien savoir, dit-elle, quelle loi

    En a pour toujours fait l'octroi [1]

A Jean, fils ou neveu de Pierre ou de Guillaume,

    Plutôt qu'à Paul, plutôt qu'à moi.

Jean Lapin allégua la coutume et l'usage :

Ce sont, dit-il, leurs lois qui m'ont de ce logis

Rendu maître et seigneur, et qui, de père en fils,

L'ont de Pierre à Simon, puis à moi Jean transmis.

Le premier occupant, est-ce une loi plus sage?

    — Or bien, sans crier davantage,

Rapportons-nous, dit-elle, à Rominagrobis.

C'était un chat, vivant comme un dévot ermite,

    Un chat faisant la chattemite,

Un saint homme de chat, bien fourré, gros et gras,

    Arbitre expert sur tous les cas.

    Jean Lapin pour juge l'agrée [2].

    Les voilà tous deux arrivés

    Devant sa majesté fourrée.

Grippeminaud [3] leur dit : Mes enfants, approchez,

Approchez, je suis sourd, les ans en sont la cause.

L'un et l'autre approcha ne craignant nulle chose.

Aussitôt qu'à portée il vit les contestants,

1 Don, concession.
2 L'accepte.
3 Autre nom du chat.

Grippeminaud le bon apôtre,

Jetant des deux côtés la griffe en même temps,

Mit les plaideurs d'accord en croquant l'un et l'autre.

Ceci ressemble fort aux débats qu'ont parfois

Les petits souverains se rapportant [1] aux rois.

XXXI. — LE CHÊNE ET LE ROSEAU.

Le chêne un jour dit au roseau :

Vous avez bien sujet d'accuser la nature ;

Un roitelet [2] pour vous est un pesant fardeau ;

    Le moindre vent qui d'aventure

    Fait rider la face de l'eau

    Vous oblige à baisser la tête ;

Cependant [3] que mon front, au Caucase [4] pareil,

Non content d'arrêter les rayons du soleil,

    Brave l'effort de la tempête.

Tout vous est aquilon [5], tout me semble zéphyr [6].

Encor si vous naissiez à l'abri du feuillage

    Dont je couvre le voisinage,

    Vous n'auriez pas tant à souffrir ;

[1] Prenant les rois pour juges.

[2] Petit oiseau.

[3] Pour *pendant*.

[4] Montagne d'Asie très-élevée.

[5] Vent du nord, souvent violent.

[6] Vent doux.

Je vous défendrais de l'orage :
Mais vous naissez le plus souvent
Sur les humides bords des royaumes du vent[1].
La nature envers vous me semble bien injuste.
— Votre compassion, lui répondit l'arbuste,
Part d'un bon naturel : mais quittez ce souci ;
Les vents me sont moins qu'à vous redoutables :
Je plie, et ne romps pas. Vous avez jusqu'ici
    Contre leurs coups épouvantables
    Résisté sans courber le dos ;
Mais attendons la fin. Comme il disait ces mots,
Du bout de l'horizon accourt avec furie
    Le plus terrible des enfants
Que le nord eût portés jusque-là dans ses flancs[2].
    L'arbre tient bon ; le roseau plie.
    Le vent redouble ses efforts,
    Et fait si bien qu'il déracine
Celui de qui la tête au ciel était voisine,
Et dont les pieds touchaient à l'empire des morts [3].

---

[1] Sur le bord des eaux, où le vent règne en liberté.

[2] Les païens croyaient que les vents étaient enfermés dans le creux d'une montagne.

[3] Les païens croyaient que les âmes des morts descendaient dans le sein de la terre.

DEUXIÈME PARTIE

FABLES DE FLORIAN.

I. — LES DEUX VOYAGEURS.

Le compère Thomas et son ami Lubin
Allaient à pied tous deux à la ville prochaine.
   Thomas trouve sur son chemin
   Une bourse de louis pleine :
Il l'empoche aussitôt. Lubin, d'un air content,
   Lui dit : Pour nous la bonne aubaine !
   — Non, répond Thomas froidement,
Pour nous n'est pas bien dit, *pour moi* c'est différent.
Lubin ne souffle plus ; mais, en quittant la plaine,
Ils trouvent des voleurs cachés au bois voisin.
   Thomas tremblant, et non sans cause,
Dit : Nous sommes perdus ! — Non, lui répond Lubin,
Nous n'est pas le vrai mot ; mais *toi*, c'est autre chose.
Cela dit, il s'échappe à travers les taillis.
Immobile de peur, Thomas est bientôt pris.
   Il tire la bourse et la donne.

Qui ne songe qu'à soi quand la fortune est bonne,
   Dans le malheur n'a point d'amis.

IJ. — LA CARPE ET LES CARPILLONS.

Prenez garde, mes fils, côtoyez moins le bord,
   Suivez le fond de la rivière ;
   Craignez la ligne meurtrière,
  Ou l'épervier plus dangereux encor,
C'est ainsi que parlait une carpe de Seine
A de jeunes poissons qui l'écoutaient à peine.
C'était au mois d'avril : les neiges, les glaçons,
Fondus par les zéphyrs, descendaient des montagnes;
Le fleuve enflé par eux s'élève en gros bouillons,
  Et déborde dans les campagnes.
   Ah ! ah ! criaient les carpillons,
   Qu'en dis-tu, carpe radoteuse?
  Crains-tu pour nous les hameçons?
Nous voilà citoyens de la mer orageuse;
Regarde : on ne voit plus que les eaux et le ciel,
   Les arbres sont cachés sous l'onde.
   Nous sommes les maîtres du monde;
   C'est le déluge universel.
— Ne croyez pas cela, répond la vieille mère;
Pour que l'eau se retire, il ne faut qu'un instant.
Ne vous éloignez point, et, de peur d'accident,
Suivez, suivez toujours le fond de la rivière.
— Bah ! disent les poissons, tu répètes toujours
     Mêmes discours.
Adieu, nous allons voir notre nouveau domaine.

                  3.

Parlant ainsi, nos étourdis
Sortent tous du lit de la Seine,
Et s'en vont dans les eaux qui couvrent le pays.
Qu'arriva-t-il? Les eaux se retirèrent,
Et les carpillons demeurèrent ;
Bientôt ils furent pris
Et frits.

Pourquoi quittaient-ils la rivière ?
Pourquoi? je le sais trop, hélas !
C'est qu'on se croit toujours plus sage que sa mère.
C'est qu'on veut sortir de sa sphère,
C'est que..... c'est que....je ne finirais pas.

III. — LES SERINS ET LE CHARDONNERET.

Un amateur d'oiseaux avait, en grand secret,
Parmi les œufs d'une serine
Glissé l'œuf d'un chardonneret.
La mère des serins, bien plus tendre que fine,
Ne s'en aperçut point, et couva comme sien
Cet œuf qui dans peu vint à bien.
Le petit étranger, sorti de sa coquille,
Des deux époux trompés reçoit les tendres soins,
Par eux traité ni plus ni moins
Que s'il était de la famille.
Couché dans le duvet, il dort le long du jour,

A côté des serins dont il se croit le frère,
    Reçoit la becquée à son tour,
Et repose la nuit sous l'aile de la mère.
Chaque oisillon grandit, et, devenant oiseau,
    D'un brillant plumage s'habille;
Le chardonneret seul ne devient point jonquille,
Et ne se croit pas moins des serins le plus beau.
    Ses frères pensent tout de même :
Douce erreur, qui toujours fait voir l'objet qu'on aime
    Ressemblant à nous trait pour trait!
Jaloux de son bonheur, un vieux chardonneret
Vint lui dire : Il est temps enfin de vous connaître;
Ceux pour qui vous avez de si doux sentiments
    Ne sont point du tout vos parents.
C'est d'un chardonneret que le sort vous fit naître.
Vous ne fûtes jamais serin : regardez-vous,
Vous avez le corps fauve et la tête écarlate,
Le bec....—Oui, dit l'oiseau; j'ai ce qu'il vous plaira,
    Mais je n'ai point une âme ingrate,
    Et mon cœur toujours chérira
    Ceux qui soignèrent mon enfance.
Si mon plumage au leur ne ressemble pas bien,
    J'en suis fâché; mais leur cœur et le mien
    Ont une grande ressemblance.
Vous prétendez prouver que je ne leur suis rien.
    Leurs soins me prouvent le contraire :
    Rien n'est vrai comme ce qu'on sent.

Pour un oiseau reconnaissant,
Un bienfaiteur est plus qu'un père.

IV. — LA MORT.

La Mort, reine du monde, assembla, certain jour,
    Dans les enfers toute sa cour.
Elle voulait choisir un bon premier ministre,
Qui rendit ses États encor plus florissants.
    Pour remplir cet emploi sinistre,
Du fond du noir Tartare[1] avancent à pas lents
    La Fièvre, la Goutte et la Guerre.
    C'étaient trois sujets excellents;
    Tout l'enfer et toute la terre
    Rendaient justice à leurs talents.
La Mort leur fit accueil. La Peste vint ensuite.
On ne pouvait nier qu'elle n'eût du mérite;
    Nul n'osait rien lui disputer,
Lorsque d'un médecin arriva la visite,
Et l'on ne sut alors qui devait l'emporter.
    La Mort même était en balance;
    Mais les Vices étant venus,
Dès ce moment la Mort n'hésita plus,
    Elle choisit l'Intempérance.

[1] L'enfer.

V. — Le Chat et la Lunette.

Un chat sauvage et grand chasseur
S'établit, pour faire bombance,
Dans le parc d'un jeune seigneur,
Où lapins et perdrix étaient en abondance.
Là ce nouveau Nemrod, la nuit comme le jour,
A la course, à l'affût également habile,
Poursuivait, attendait, immolait tour à tour
Et quadrupède et volatile.
Les gardes épiaient l'insolent braconnier ;
Mais, dans le fort du bois caché près d'un terrier,
Le drôle trompait leur adresse.
Cependant il craignait d'être pris à la fin,
Et se plaignait que la vieillesse
(Ce penser lui causait souvent de la tristesse)
Lui rendît l'œil moins sûr, moins fin ;
Gorsqu'un jour il rencontre un petit tuyau noir
Garni par ses deux bouts de deux glaces bien nettes :
C'était une de ces lunettes
Faites pour l'Opéra [1], que, par hasard, un soir,
Le maître avait perdue en ce lieu solitaire.
Le chat d'abord la considère,
La touche de sa griffe, et de l'extrémité
La fait à petits coups rouler sur le côté,

1 Théâtre.

Court après, s'en saisit, l'agite, la remue,
    Étonné que rien n'en sortît.
Il s'avise à la fin d'appliquer à sa vue
Le verre d'un des bouts : c'était le plus petit.
Alors il aperçoit, sous la verte coudrette,
Un lapin que ses yeux tout seuls ne voyaient pas.
Ah! quel trésor ! dit-il en serrant sa lunette,
Et courant au lapin qu'il croit à quatre pas.
Mais il entend du bruit ; il reprend sa machine.
S'en sert par l'autre bout, et voit dans le lointain
    Le garde qui vers lui chemine.
    Pressé par la peur, par la faim,
    Il reste un moment incertain,
Hésite, réfléchit, puis de nouveau regarde :
Mais toujours le gros bout lui montre loin le garde,
Et le petit tout près lui fait voir le lapin.
Croyant avoir le temps, il va manger la bête ;
Le garde est à vingt pas qui vous l'ajuste au front,
    Lui met deux balles dans la tête,
    Et de sa peau fait un manchon.

    Chacun de nous a sa lunette,
    Qu'il retourne suivant l'objet :
    On voit là-bas ce qui déplaît,
    On voit ici ce qu'on souhaite.

VI. — LA TAUPE ET LES LAPINS.

Chacun de nous souvent connaît bien ses défauts ;
    En convenir, c'est autre chose :
On aime mieux souffrir de véritables maux,
    Que d'avouer qu'ils en sont cause.
    Je me souviens à ce sujet

    D'avoir été témoin d'un fait
    Fort étonnant et difficile à croire :
    Mais je l'ai vu, voici l'histoire.
    Près d'un bois, le soir, à l'écart,
    Dans une superbe prairie,
Des lapins s'amusaient, sur l'herbette fleurie,
    A jouer au colin-maillard.
Des lapins ! direz-vous, la chose est impossible.
Rien n'est plus vrai pourtant : une feuille flexible
Sur les yeux de l'un d'eux en bandeau s'appliquait,
    Et puis sous le cou se nouait,
    Un instant en faisait l'affaire.
Celui que ce ruban privait de la lumière
Se plaçait au milieu ; les autres alentour
Sautaient, dansaient, faisaient merveilles ;
    S'éloignaient, venaient tour à tour
    Tirer sa queue ou ses oreilles.
Le pauvre aveugle alors, se retournant soudain,
Sans craindre pot au noir, jette au hasard la patte ;

Mais la troupe échappe à la hâte;
Il ne prend que du vent, il se tourmente en vain,
Il y sera jusqu'à demain.
Une taupe assez étourdie,
Qui sous terre entendit ce bruit,
Sort aussitôt de son réduit,
Et se mêle dans la partie.
Vous jugez que, n'y voyant pas [1],
Elle fut prise au premier pas.
Messieurs, dit un lapin, ce serait conscience,
Et la justice veut qu'à notre pauvre sœur
Nous fassions un peu de faveur;
Elle est sans yeux et sans défense.
Ainsi je suis d'avis..... — Non, répond avec feu
La taupe, je suis prise, et prise de bon jeu;
Mettez-moi le bandeau. — Très-volontiers, ma chère,
Le voici; mais je crois qu'il n'est pas nécessaire
Que nous serrions le nœud bien fort.
— Pardonnez-moi, monsieur, reprit-elle en colère.
Serrez bien, car j'y vois..... serrez, j'y vois encor.

VII. — LA BREBIS ET LE CHIEN.

La brebis et le chien, de tout temps bons amis,
Se racontaient un jour leur vie infortunée.

---

[1] On prétendait alors que les taupes ne voient pas, parce qu'elles ont les yeux très-petits; mais c'était à tort.

Ah! disait la brebis, je pleure et je frémis
Quand je songe aux malheurs de notre destinée.
Toi, l'esclave de l'homme, adorant des ingrats,
    Toujours soumis, tendre et fidèle,
    Tu reçois, pour prix de ton zèle,
    Des coups et souvent le trépas.
    Moi qui tous les ans les habille,
Qui leur donne du lait et qui fume leurs champs.
Je vois chaque matin quelqu'un de ma famille
    Assassiné par ces méchants.
Leurs confrères les loups dévorent ce qui reste.
    Victimes de ces inhumains,
Travailler pour eux seuls, et mourir par leurs mains,
    Voilà notre destin funeste!
— Il est vrai, dit le chien; mais crois-tu plus heureux
    Les auteurs de notre misère?
    Va, ma sœur, il vaut encor mieux
    Souffrir le mal que de le faire.

VIII. — LE TROUPEAU DE COLAS.

Dès la pointe du jour, sortant de son hameau,
Colas, jeune pasteur d'un assez beau troupeau,
    Le conduisait au pâturage.
    Sur sa route il trouve un ruisseau
Que, la nuit précédente, un effroyable orage

Avait rendu torrent. Comment passer cette eau ?
Chien, brebis et berger, tout s'arrête au rivage.
En faisant un circuit l'on eût gagné le pont ;
C'était bien le plus sûr, mais c'était le plus long :
Colas veut abréger. D'abord il considère
    Qu'il peut franchir cette rivière ;
    Et comme ses béliers sont forts,
    Il conclut que, sans grands efforts,
Le troupeau sautera. Cela dit, il s'élance ;
Son chien saute auprès lui, béliers d'entrer en danse,
A qui mieux mieux : courage, allons !
    Après les béliers, les moutons ;
Tout est en l'air, tout saute ; et Colas les excite,
    En s'applaudissant du moyen.
Les béliers, les moutons, sautèrent assez bien :
    Mais les brebis vinrent ensuite,
Les agneaux, les vieillards, les faibles, les peureux,
    Les mutins, corps toujours nombreux,
Qui refusaient le saut, ou sautaient de colère,
    Et, soit faiblesse, soit dépit,
    Se laissaient choir dans la rivière.
Il s'en noya le quart ; un autre quart s'enfuit,
    Et sous la dent du loup périt.
    Colas, réduit à la misère,
S'aperçut, mais trop tard, que pour un bon pasteur
    Le plus court n'est pas le meilleur.

IX. — LA GUENON, LE SINGE ET LA NOIX.

Une jeune guenon cueillit
Une noix dans sa coque verte.
Elle y porte la dent, fait la grimace.... Ah! certe!
Dit-elle, ma mère mentit
Quand elle m'assura que les noix étaient bonnes;
Puis, croyez aux discours de ces vieilles personnes
Qui trompent la jeunesse! Au diable soit le fruit!
Elle jette la noix. Un singe la ramasse,
Vite entre deux cailloux la casse,
L'épluche, la mange et lui dit:
Votre mère eut raison, ma mie,
Les noix ont fort bon goût, mais il faut les ouvrir.

Souvenez-vous que dans la vie,
Sans un peu de travail, on n'a point de plaisir.

X. — LE PAON, LES DEUX OISONS ET LE PLONGEON.

Un paon faisait la roue [1], et les autres oiseaux
Admiraient son brillant plumage.
Deux oisons nasillards, du fond d'un marécage,
Ne remarquaient que ses défauts :
Regarde, disait l'un, comme sa jambe est faite,
Comme ses pieds sont plats, hideux !

[1] Étalait sa queue en forme de roue.

— Et son cri, disait l'autre, est si mélodieux

  Qu'il fait fuir jusqu'à la chouette !

Chacun riait alors du mot qu'il avait dit.

  Tout à coup un plongeon sortit :

Messieurs, leur cria-t-il, vous voyez d'une lieue

Ce qui manque à ce paon : c'est bien voir, j'en conviens;

Mais votre chant, vos pieds sont plus laids que les siens,

  Et vous n'aurez jamais sa queue.

XI. — LES BERGERS.

Guillot criait *au loup !* un jour par passe-temps.

  Un tel cri mit l'alarme aux champs ;

  Tous les bergers du voisinage

Coururent au secours ; Guillot se moqua d'eux :

  Ils s'en retournèrent honteux,

  Pestant contre son badinage.

  Mais rira bien qui rira le dernier.

Deux jours après, un loup avide de carnage,

  Un véritable loup-cervier,

Malgré notre berger et son chien, faisait rage

  Et se ruait sur le troupeau.

Au loup ! s'écria-t-il, *au loup !* Tout le hameau

  Rit à son tour : A d'autres, je vous prie,

  Répondit-on, l'on ne nous y prend plus.

Guillot le goguenard fit des cris superflus :

  On crut que c'était fourberie.

Menteur n'est jamais écouté,
Même en disant la vérité.

XII. — L'Enfant et le Miroir.

Un enfant élevé dans un pauvre village
Revint chez ses parents, et fut surpris d'y voir
Un miroir.
D'abord il aima son image;
Et puis, par un travers bien digne d'un enfant,
Et même d'un être plus grand,
Lui fait une grimace, et le miroir la rend.
Alors son dépit est extrême;
Il lui montre un poing menaçant,
Il se voit menacé de même.
Notre marmot fâché s'en vient, en frémissant,
Battre cette image insolente;
Il se fait mal aux mains. Sa colère en augmente;
Et furieux, au désespoir,
Le voilà devant ce miroir,
Criant, pleurant, frappant la glace.
Sa mère, qui survient, le console, l'embrasse,
Tarit ses pleurs, et doucement lui dit :
N'as-tu pas commencé par faire la grimace
A ce méchant enfant qui cause ton dépit?
— Oui. — Regarde à présent : tu souris, il sourit;
Tu tends vers lui les bras, il te les tend de même;

Tu n'es plus en colère, il ne se fâche plus :
De la société tu vois ici l'emblème ;

    Le bien, le mal nous sont rendus.

XIII. — LE DANSEUR DE CORDE ET LE BALANCIER.

Sur la corde tendue un jeune voltigeur
Apprenait à danser ; et déjà son adresse,
    Ses tours de force, de souplesse,
    Faisaient venir maint spectateur.
Sur son étroit chemin on le voit qui s'avance,
Le balancier en main, l'air libre, le corps droit,
    Hardi, léger autant qu'adroit ;
Il s'élève, descend, va, vient, plus haut s'élance,
    Retombe, remonte en cadence,
    Et, semblable à certains oiseaux
Qui rasent en volant la surface des eaux,
    Son pied touche, sans qu'on le voie,
A la corde qui plie et dans l'air le renvoie.
Notre jeune danseur, tout fier de son talent,
Dit un jour : A quoi bon ce balancier pesant,
    Qui me fatigue et m'embarrasse ?
Si je dansais sans lui, j'aurais bien plus de grâce,
    De force et de légèreté.
Aussitôt fait que dit. Le balancier jeté,
Notre étourdi chancelle, étend les bras et tombe.
Il se cassa le nez, et tout le monde en rit.

Jeunes gens, jeunes gens, ne vous a-t-on pas dit
Que sans règle et sans frein tôt ou tard on succombe ?
La vertu, la raison, les lois, l'autorité,
Dans vos désirs fougueux vous causent quelque peine ;
    C'est le balancier qui nous gêne,
    Mais qui fait notre sûreté.

XIV. — LA JEUNE POULE ET LE VIEUX RENARD.

Une poulette jeune et sans expérience,
    En trottant, cloquetant, grattant,
    Se trouva, je ne sais comment,
Fort loin du poulailler, berceau de son enfance.
Elle s'en aperçut qu'il était déjà tard [1].
Comme elle y retournait, voici qu'un vieux renard
    A ses yeux troublés se présente.
    La pauvre poulette, tremblante,
    Recommanda son âme à Dieu.
    Mais le renard, s'approchant d'elle,
    Lui dit : Hélas ! mademoiselle,
    Votre frayeur m'étonne peu ;
    C'est la faute de mes confrères,
Gens de sac et de corde, infâmes ravisseurs,
    Dont les appétits sanguinaires
    Ont rempli la terre d'horreurs.

---

[1] Phrase incorrecte.

Je ne puis les changer, mais du moins je travaille

　　A préserver par mes conseils

　　L'innocente et faible volaille

　　Des attentats de mes pareils.

Je ne me trouve heureux qu'en me rendant utile ;

Et j'allais de ce pas jusque dans votre asile

Pour avertir vos sœurs qu'il court un mauvais bruit,

C'est qu'un certain renard, méchant autant qu'habile,

　　Doit vous attaquer cette nuit.

Je viens veiller pour vous. La crédule innocente

　　Vers le poulailler le conduit :

　　A peine est-il dans ce réduit

Qu'il tue, étrangle, égorge, et sa griffe sanglante

Entasse les mourants sur la terre étendus,

Comme fit Diomède[1] au quartier de Rhésus[2].

　　Il croqua tout, grandes, petites,

Coqs, poulets et chapons ; tout périt sous ses dents.

　　La pire espèce de méchants

　　Est celle des vieux hypocrites.

XV. — LE LINOT.

Une linotte avait un fils

Qu'elle adorait, suivant l'usage ;

[1] Prince grec au siége de Troie.

[2] Prince allié des Troyens, qui fut égorgé dans son camp par Diomède pendant une nuit.

C'était l'unique fruit du plus doux mariage,
Et le plus beau linot qui fût dans le pays.
La mère en était folle, et tous les témoignages
Que peuvent inventer la tendresse et l'amour
Étaient pour cet enfant épuisés chaque jour.
Notre jeune linot, fier de ces avantages,
Se croyait un phénix, prenait l'air suffisant,
    Tranchait du petit important
    Avec les oiseaux de son âge;
Persiflait la mésange ou bien le roitelet,
    Donnait à chacun son paquet,
Et se faisait haïr de tout le voisinage.
Sa mère lui disait : Mon cher fils, sois plus sage,
Plus modeste surtout. Hélas! je conçois bien
Les dons, les qualités qui furent ton partage;
    Mais feignons de n'en savoir rien,
    Pour qu'on les aime davantage.
    A tout cela notre linot
    Répondait par quelque bon mot.
La mère en gémissait dans le fond de son âme.
    Un vieux merle, ami de la dame,
Lui dit : Laissez aller votre fils au grand bois,
    Je vous réponds qu'avant un mois
Il sera sans défauts. Vous jugez des alarmes
De la mère qui pleure et frémit du danger.
Mais le jeune linot brûlait de voyager.
    partit donc, malgré ses larmes.

4

A peine est-il dans la forêt,

Que notre petit personnage

Du pivert entend le ramage,

Et se moque de son fausset.

Le pivert, qui prit mal cette plaisanterie,

Vient à bons coups de bec plumer le persifleur,

Et, deux jours après, une pie

Le dégoûte à jamais du métier de railleur.

Il lui restait encor la vanité secrète

De se croire excellent chanteur ;

Le rossignol et la fauvette

Le guérirent de son erreur.

Bref, il retourna chez sa mère

Doux, poli, modeste et charmant.

Ainsi l'adversité fit, dans un seul moment,

Ce que tant de leçons n'avaient jamais pu faire.

XVI. — LE LIÈVRE, SES AMIS ET LES DEUX CHEVREUILS.

Un lièvre de bon caractère

Voulait avoir beaucoup d'amis.

Beaucoup ! me direz-vous, c'est une grande affaire ;

Un seul est rare en ce pays.

J'en conviens ; mais mon lièvre avait cette marotte,

Et ne savait pas qu'Aristote [1]

1 Célèbre philosophe grec.

Disait aux jeunes Grecs à son école admis :

  Mès amis, il n'est point d'amis.

Sans cesse il s'occupait d'obliger et de plaire

S'il passait un lapin, d'un air doux et civil,

Vite, il courait à lui : Mon cousin, disait-il,

J'ai de beau serpolet tout près de ma tanière,

De déjeuner chez moi faites-moi la faveur.

S'il voyait un cheval paître dans la campagne,

Il allait l'aborder : Peut-être, monseigneur

A-t-il besoin de boire ; au pied de la montagne

  Je connais un lac transparent,

Qui n'est jamais ridé par le moindre Zéphire[1].

  Si monseigneur veut, dans l'instant

  J'aurai l'honneur de l'y conduire.

  Ainsi pour tous les animaux,

  Cerfs, moutons, coursiers, daims, taureaux,

Complaisant, empressé, toujours rempli de zèle,

Il voulait de chacun faire un ami fidèle,

Et s'en croyait aimé parce qu'il les aimait.

Le bruit du cor l'éveille, il décampe au plus vite ;

  Quatre chiens s'élancent après,

  Un maudit piqueur[2] les excite,

Et voilà notre lièvre arpentant les guérets.

---

[1] Vent doux.

[2] Celui qui dirige et excite les chiens dans les grandes chasses.

Il va, tourne, revient, aux mêmes lieux repasse,
    Saute, franchit un long espace,
Pour dévoyer les chiens, et, prompt comme l'éclair,
    Gagne pays, et puis s'arrête :
    Assis, les deux pattes en l'air,
L'œil et l'oreille au guet, il élève la tête,
Cherchant s'il ne voit point quelqu'un de ses amis.
    Il aperçoit dans des taillis
Un lapin que toujours il traita comme un frère ;
Il y court : Par pitié, sauve-moi, lui dit-il,
    Donne retraite à ma misère,
Ouvre-moi ton terrier ; tu vois l'affreux péril.,..
— Ah ! que j'en suis fâché ! répond d'un air tranquille
Le lapin : je ne puis t'offrir mon logement ;
    Mon gendre arrive en ce moment,
Sa famille et la mienne ont rempli mon asile ;
    Je te plains bien sincèrement.
Adieu, mon cher ami. Cela dit, il s'échappe,
    Et voici la meute qui jappe[1].
Le pauvre lièvre part. A quelques pas plus loin,
Il rencontre un taureau que cent fois au besoin
Il avait obligé ; tendrement il le prie
D'arrêter un moment cette meute en furie,
    Qui de ses cornes aura peur.
Hélas ! dit le taureau, ce serait de grand cœur ;

---

1 pour *aboie.*

Mais je ne le puis pas... Le lièvre, hors d'haleine,
Implore vainement un daim, un cerf dix cors [1],
Ses amis les plus sûrs ; ils l'écoutent à peine,
 Tant ils ont peur du bruit des cors.
Le pauvre infortuné, sans force ni courage,
Allait se rendre aux chiens, quand, du milieu du bois,
Deux chevreuils reposant sous le même feuillage
 Des chasseurs entendent la voix.
L'un d'eux se lève et part ; la meute sanguinaire
 Quitte le lièvre et court après.
 En vain le piqueur en colère
Crie, et jure, et se fâche ; à travers les forêts
 Le chevreuil emmène la chasse,
Va faire un long circuit, et revient au buisson
 Où l'attendait son compagnon,
 Qui dans l'instant part à sa place.
Celui-ci fait de même ; et, pendant tout le jour,
Les deux chevreuils, lancés et quittés tour à tour,
 Fatiguent la meute obstinée.
 Enfin les chasseurs tout honteux
Prennent le bon parti de retourner chez eux.
 Déjà la retraite est sonnée,
Et les chevreuils rejoints. Le lièvre palpitant
S'approche, et leur raconte, en les félicitant,
Que ses nombreux amis, dans ce péril extrême,

[1] Dont les cornes ont dix branches ; vieux cerf.

L'avaient abandonné. Je n'en suis pas surpris,
Répond un des chevreuils : un seul, quand il nous aime,
   Vaut mieux que tant de faux amis.

XVII. — Le Perroquet.

Un gros perroquet gris, échappé de sa cage,
   Vint s'établir dans un bocage ;
Et là, prenant le ton de nos faux connaisseurs,
Jugeant tout, blâmant tout d'un air de suffisance,
Au chant des rossignols il trouvait des longueurs,
   Critiquant surtout sa cadence.
Le linot, selon lui, ne savait pas chanter,
La fauvette aurait fait quelque chose peut-être,
   Si de bonne heure il eût été son maître
   Et qu'elle eût voulu profiter.
Enfin aucun oiseau n'avait l'art de lui plaire ;
Et, dès qu'ils commençaient leurs joyeuses chansons,
Par des coups de sifflet répondant à leurs sons,
   Le perroquet les faisait taire.
Lassés de tant d'affronts, tous les oiseaux du bois
Viennent lui dire un jour : Mais parlez donc, beau sire,
Vous qui sifflez toujours, faites qu'on vous admire ;
Sans doute vous avez une brillante voix,
   Daignez chanter pour nous instruire.
   Le perroquet, dans l'embarras,

Se gratte un peu la tête, et finit par leur dire :
Messieurs, je siffle bien, mais je ne chante pas.

XVIII. — L'Habit d'arlequin.

Vous connaissez ce quai nommé de la Ferraille,
Où l'on vend des oiseaux, des hommes et des fleurs :
A mes fables souvent c'est là que je travaille ;
J'y vois des animaux, et j'observe leurs mœurs.
Un jour de Mardi Gras, j'étais à la fenêtre
    D'un oiseleur [1] de mes amis,
    Quand sur le quai je vis paraître
Un petit arlequin [2], leste, bien fait, bien mis,
Qui, la batte [3] à la main, d'une grâce légère,
Courait après un masque en habit de bergère.
Le peuple applaudissait par des ris, par des cris.
    Tout près de moi, dans une cage,
Trois oiseaux étrangers, de différent plumage,
    Perruche [4], cardinal [5], serin [6],
    Regardaient aussi l'arlequin.
La perruche disait : J'aime peu son visage ;
Mais son charmant habit n'eut jamais son égal.

1 Marchand d'oiseaux.
2 Farceur habillé de toutes couleurs.
3 Sabre de bois.
4 Verte.
5 Rouge.
6 Jaune.

Il est d'un si beau vert ! — Vert ! dit le cardinal
    Vous n'y voyez donc pas, ma chère?
    L'habit est rouge assurément ;
    Voilà ce qui le rend charmant.
    — Oh ! pour celui-là, mon compère,
Répondit le serin, vous n'avez pas raison,
    Car l'habit est jaune-citron ;
Et c'est ce jaune-là qui fait tout son mérite.
— Il est vert.—Il est jaune. — Il est rouge, morbleu !
    Interrompt chacun avec feu ;
    Et déjà le trio [1] s'irrite.
Amis, apaisez-vous, leur crie un bon pivert ;
    L'habit est jaune, rouge et vert.
Cela vous surprend fort, voici tout le mystère.
Ainsi que bien des gens d'esprit et de savoir,
Mais qui d'un seul côté regardent une affaire,
    Chacun de vous ne veut y voir
    Que la couleur qui sait lui plaire.

XIX. — LE VOYAGE.

Partir avant le jour, à tâtons, sans voir goutte,
Sans songer seulement à demander sa route,
Aller de chute en chute, et, se traînant ainsi,
Faire un tiers du chemin jusqu'à près de midi ;

[1] Les trois oiseaux.

Voir sur sa tête alors s'amasser les nuages;
Dans un sable mouvant précipiter ses pas,
Courir, en essuyant orages sur orages,
Vers un but incertain où l'on n'arrive pas ;
Détrompé vers le soir, chercher une retraite,
Arriver, haletant, se coucher, s'endormir :
On appelle cela naître, vivre et mourir.
   La volonté de Dieu soit faite !   **Fl.**

De l'incrédule aveugle, hélas ! c'est le destin.
Mais pour nous, qui suivons l'enseignement divin,
  La route n'est point sans lumière,
  Et le terme de la carrière
Nous fait vite oublier les douleurs du chemin. ***

XX. — LE SINGE QUI MONTRE LA LANTERNE MAGIQUE

Messieurs les beaux esprits, dont la prose et les vers
Sont d'un style pompeux et toujours admirable,
Mais que l'on n'entend point, écoutez cette fable,
  Et tâchez de devenir clairs.
Un homme qui montrait la lanterne magique
  Avait un singe dont les tours
  Attiraient chez lui grand concours;
Jacqueau, c'était son nom, sur la corde élastique
  Dansait et voltigeait au mieux,
  Puis faisait le saut périlleux,

Et puis sur un cordon, sans que rien le soutienne,
    Le corps droit, fixe, d'aplomb,
      Notre Jacqueau fait tout au long
      L'exercice à la prussienne.
Un jour qu'au cabaret son maître était resté,
    (C'était, je pense, un jour de fête),
      Notre singe en liberté
      Veut faire un coup de sa tête :
Il s'en va rassembler les divers animaux
      Qu'il peut rencontrer dans la ville ;
      Chiens, chats, poulets, dindons, pourceaux,
      Arrivent bientôt à la file.
Entrez, entrez, messieurs, criait notre Jacqueau :
C'est ici, c'est ici qu'un spectacle nouveau
Vous charmera gratis. Oui, messieurs, à la porte
On ne prend point d'argent, je fais tout pour l'honneur.
      A ces mots, chaque spectateur
      Va se placer, et l'on apporte
La lanterne magique ; on ferme les volets,
      Et, par un discours fait exprès
      Jacqueau prépare l'auditoire.
      Ce morceau vraiment oratoire
      Fit bâiller ; mais on applaudit.
Content de ce succès, notre singe saisit
      Un verre peint qu'il met dans sa lanterne.
      Il sait comment on le gouverne,
Et crie en le poussant : Est-il rien de pareil ?

Messieurs, vous voyez le soleil,
Ses rayons et toute sa gloire.
Voici présentement la lune ; et puis l'histoire
D'Adam, d'Ève et des animaux.....
Voyez, messieurs, comme ils sont beaux !
Voyez la naissance du monde ;
Voyez... Les spectateurs, dans une nuit profonde,
Écarquillaient leurs yeux et ne pouvaient rien voir ;
L'appartement, le mur, tout était noir.
Ma foi, disait un chat, de toutes les merveilles,
Dont il étourdit nos oreilles,
Le fait est que je ne vois rien.
— Ni moi non plus, disait un chien.
— Moi, disait un dindon, je vois bien quelque chose ;
Mais je ne sais pour quelle cause
Je ne distingue pas très-bien.
Pendant tous ces discours, le Cicéron moderne
Parlait éloquemment et ne se lassait point.
Il n'avait oublié qu'un point :
C'était d'éclairer sa lanterne.

XXI. — LE PAYSAN ET LA RIVIÈRE.

Je veux me corriger, je veux changer de vie,
Me disait un ami : dans des liens honteux
Mon âme s'est trop avilie ;
J'ai cherché le plaisir, guidé par la folie,

Et mon cœur n'a trouvé que le remords affreux.

　　　— Fort bien, cher ami, répondis-je ;　　　[ment.
Mais quand commencez-vous ?—Dans huit jours sûre-
Pourquoi pas aujourd'hui ? Ce long retard m'afflige.

　　　— Oh ! je ne puis dans un moment.

　　　Briser une si forte chaîne.

Il me faut un prétexte ; il viendra, j'en réponds.

　　　Causant ainsi, nous arrivons

　　　Jusque sur les bords de la Seine ;

　　　Et j'aperçois un paysan

　　　Assis sur une large pierre,

Regardant l'eau couler d'un air impatient.

— L'ami, que fais-tu là ?—Monsieur, pour une affaire
Au village prochain je suis contraint d'aller :
Je ne vois point de pont pour passer la rivière,
Et j'attends que cette eau cesse enfin de couler.

—Mon ami, vous voilà, cet homme est votre image :
Vous perdez en projets les plus beaux de vos jours.
Si vous voulez passer, jetez-vous à la nage ;

　　　Car cette eau coulera toujours.

XXII. — LA CHENILLE.

Un jour, causant entre eux, différents animaux
　　　Louaient beaucoup le ver à soie :
Quel talent, disaient-ils, cet insecte déploie
En composant ces fils si doux, si fins, si beaux,

Qui de l'homme font la richesse !
Tous vantaient son travail, exaltaient son adresse.
Une chenille seule y trouvait des défauts,
Aux animaux surpris en faisait la critique,
    Disait des mais, et puis des si.
Un renard s'écria : Messieurs, cela s'explique,
    C'est que madame file aussi.

XXIII. — LE GRILLON.

    Un pauvre petit grillon,
    Caché dans l'herbe fleurie,
    Regardait un papillon
    Voltigeant dans la prairie.
L'insecte ailé brillait des plus vives couleurs ;
L'azur, la pourpre et l'or éclataient sur ses ailes :
Jeune, beau, petit maître, il court de fleurs en fleurs,
    Prenant et quittant les plus belles.
Ah ! disait le grillon, que son sort et le mien
    Sont différents ! Dame nature
    Pour lui fit tout, et pour moi rien.
Je n'ai point de talent, encor moins de figure ;
Nul ne prend garde à moi, l'on m'ignore ici-bas :
    Autant vaudrait n'exister pas.....
    Comme il parlait, dans la prairie
    Arrive une troupe d'enfants :

Aussitôt les voilà courants [1]

Après ce papillon dont ils ont tous envie.

Chapeaux, mouchoirs, bonnets, servent à l'attraper.

L'insecte vainement cherche à leur échapper,

Il devient bientôt leur conquête.

L'un le saisit par l'aile, un autre par le corps ;

Un troisième survient, et le prend par la tête :

Il ne fallait pas tant d'efforts

Pour déchirer la pauvre bête.

Oh . oh ! dit le grillon, je ne suis plus fâché ;

Il en coûte trop cher pour briller dans le monde.

Combien je vais aimer ma retraite profonde !

Pour vivre heureux, vivons caché.

[1] L'orthographe exigerait *courant.*

TROISIÈME PARTIE.

FABLES TIRÉES DE DIVERS AUTEURS [1].

I. — LES DEUX CHIENS.

Deux chiens vivaient dans le même logis :
Moustache et Folichon, l'un père, l'autre fils.
    Chacun avait son ministère.
Moustache, mal instruit, ne sachant rien de rien,
    Gardait la porte et s'en acquittait bien :
    Pour les voleurs, c'était un vrai Cerbère.
    Mais, comme il vieillissait un peu,
On lui faisait alors garder le coin du feu.
Folichon, au contraire, allait courant sans cesse,
    Toujours souple, toujours dispos.
    C'était un chien pétri de gentillesse,
Tantôt émerveillant la foule des badauds,
En s'élançant du pont au milieu de la Seine;
Tantôt faisant le mort, étendu sur l'arène;
    Et puis il fallait voir quels sauts :
    Sauts pour le roi, sauts pour la reine!
    Bref, dom Bertrand, premier du nom,
Jadis singe du Pape, à ce que dit l'histoire,

---

[1] La plupart arrangées et refondues.

N'aurait été qu'un Gille auprès de Folichon.
A qui de ses talents devait-il la culture ?
Au pétulant Victor, enfant de la maison.
Victor était comblé des dons de la nature ;
  Mais au jeu seul il employait son temps,
Bien qu'il vît refleurir un neuvième printemps.
    Fier du succès de son élève,
    Victor entreprend un beau jour
    De former Moustache à son tour ;
Mais à quoi l'exercer ? Un moment il y rêve.
— Bon, se dit notre espiègle, il sera fantassin.
Et debout, contre un mur, il le dresse soudain.
Ensuite, lui mettant un chapeau sur la tête,
    Entre les pattes un fusil :
    — Monsieur, attention ! dit-il,
    Et tenez bien votre arme prête.
De prime abord, docile à la leçon,
L'animal reste ferme et posé de façon
Qu'il a d'un vétéran l'attitude guerrière ;
  Mais tout à coup ses jambes de derrière
Refusent le service : il tombe lourdement,
    En dépit du commandement.
    On le relève, il tombe encore ;
Et, relevé vingt fois, il retombe toujours.
— O le mauvais soldat ! ô la franche pécore !
Dit l'enfant. Au bâton je vais avoir recours !...
    Çà ! qu'on se remette à l'ouvrage

Et que l'on m'obéisse, ou bien !...
— Battez-moi, tuez-moi, répond le pauvre chien,
    Vous n'obtiendrez pas davantage.
Mais pourquoi me frapper ? Vous pouvez faire mieux.
Que mon exemple, hélas ! tourne à votre avantage :

Le seul temps pour s'instruire est celui du jeune âge.
    On n'apprend rien quand on est vieux.

LE BAILLY.

II. — LE JEUNE RENARD.

Un renardeau bien leste, un petit Annibal [1],
Digne espoir de son père et déjà son rival,
    Par un beau soir, au clair de lune,
Sur les pas du vieillard alla chercher fortune.
    Notre héros au pied léger
De son maître d'abord suit la marche discrète ;
Puis s'écarte, revient, puis tout à coup se jette
A travers une haie, au milieu d'un verger.
Un objet emplumé, qui brillait sur l'herbette,
L'éblouit. Il s'arrête, il triomphe en son cœur :
C'était là sûrement quelque tendre poulette
Qui s'était égarée... un peu tard, par malheur.
« Quoi ! mon père, à son âge, aurait fait cette école !
Il a passé par là, si je m'y connais bien.

[1] Célèbre général carthaginois.

Eh ! vraiment oui, sur ma parole,
Mon bon père aujourd'hui regarde et ne voit rien.
Oh, bien ! moi, j'y vois clair, et tandis qu'il assiége
Le poulailler peut-être et se croit bien subtil... »

A ces mots, il s'élance ; il est pris. « Dieu ! dit-il,
Je n'ai vu que l'appât; il avait vu le piége ! »

BOISARD.

III. — L'ALOUETTE ET SES PETITS.

Mère alouette un jour disait à ses petits :
« Nous sommes entourés d'un monde d'ennemis ;
Craignons tout de leur force ou de leur perfidie.
    L'autour [1] menace notre vie,
Et l'oiseleur [2] en veut à notre liberté.
Croyez-moi, mes enfants, pour plus de sûreté,
Demeurez sous le chaume auprès de votre mère.
    Si vous quittez votre berceau,
Vous trouverez peut-être, ainsi que votre père,
    Ou la prison ou le tombeau. »
Ce discours bien sensé fut trouvé bien frivole.
Les petits étaient grands : « Oh ! maman devient folle ;
« Elle radote au moins, et sa morale endort....

. . . .

[1] Oiseau de proie.
[2] Homme qui prend les oiseaux.

Ce serait pour ramper que l'on aurait des ailes! »
Et puis de fendre l'air au gré de leur ardeur :
L'un prend un vol errant, l'autre un essor sublime.

    L'un de l'autour est la victime,
    L'autre esclave de l'oiseleur.
Malgré les cris perçants de leur mère éperdue,
L'un se perd dans le bois, et l'autre dans la nue.

BOISARD.

    Juste punition
    De leur présomption !

IV. — L'ABEILLE ET LA FOURMI.

A jeun, le corps tout transi,
    Et pour cause,
Un jour d'hiver, la fourmi,
Près d'une ruche bien close,
Rôdait pleine de souci.
Une abeille vigilante
L'aperçoit et se présente.
  — Que viens-tu chercher ici?
Lui dit-elle. — Hélas! ma chère,
Répond la pauvre fourmi,
Ne soyez point en colère :
Le faisan [1], mon ennemi,

[1] Bel oiseau, de la grosseur d'une poule.

A détruit ma fourmilière ;
Mon magasin est tari,
Tous mes parents ont péri
De faim, de froid, de misère.
J'allais succomber aussi,
Quand du palais que voici
L'aspect m'a donné courage.
Je le savais bien garni
De ce bon miel, votre ouvrage.
J'ai fait effort, j'ai fini
Par arriver sans dommage.
Oh ! me suis-je dit, ma sœur
Est fille laborieuse ;
Elle est riche et généreuse ;
Elle plaindra mon malheur,
Oui, tout mon espoir repose
Dans la bonté de son cœur.
Je demande peu de chose ;
Mais j'ai faim, j'ai froid, ma sœur !
— Oh ! oh ! répondit l'abeille,
Vous discourez à merveille ;
Mais, vers la fin de l'été,
La cigale m'a conté
Que vous aviez rejeté
Une demande pareille.
— Quoi ! vous savez?... — Mon Dieu, oui !
La cigale est mon amie.

Que feriez-vous, je vous prie,
Si, comme vous, aujourd'hui
J'étais insensible et fière,
Si j'allais vous inviter
A promener ou chanter?
Mais rassurez-vous, ma chère,
Entrez, mangez à loisir ;
Usez-en comme du vôtre ;
Et surtout, pour l'avenir,
Apprenez à compatir
A la misère d'un autre [1].   DE JUSSIEU.

[1] Si on veut mettre cette fable en dialogue, on y fera les changements suivants :

LA FOURMI.

Je meurs de froid et de faim.
Où trouverai-je une miette
De chair, de mouche ou de pain?
Ah! secourez la pauvrette,
Dont le corps est tout transi.

L'ABEILLE.

Que viens-tu chercher ici,
Maraudeuse?

LA FOURMI.

Hélas! ma chère,
Contre la pauvre fourmi
Ne soyez point, etc.

L'ABEILLE.

Oh! oh! fort bien; foi d'abeille, etc.

(Le reste comme ci-dessus.)

V. — La Perruche gâtée et les Bonbons.

La jeune Clémentine élevait avec soin
    Une perruche au vert plumage.
De vous dire son 'nom il ne serait besoin
    Pourtant, s'il vous plaît davantage
  De le savoir, ce nom, c'était Volage.
Volage était charmante, et son joli caque.
    Vous aurait enchanté, je gage.
  Ce n'était point l'ennuyeux bavardage
    De maint importun perroquet ;
    C'était un aimable langage,
    Poli, doux et de fort bon ton,
    Qui souvent, autour de la cage,
    Faisait grouper tout le salon.
Volage, cependant, avait un grand défaut :
    Elle était gourmande..........
  Mais gourmande..... là, comme il faut.
Il n'était macaron, pastille, sucrerie,
    Qui n'excitassent son envie ;
Et, pour les obtenir, elle savait user
De maint petit détour, mainte supercherie,
Dont, par malheur pour elle, on vint à s'amuser.
    Sa trop complaisante maîtresse
    Ne pouvait rien lui refuser.
    Car Volage avait tant d'adresse,
    Tant de grâce et de gentillesse

Qu'il fallait bien finir par bonbon et baiser.
    Or arriva cette journée....
    ... par où commence l'année,
Et qui fut maintes fois funeste à maints gour-
                     mands.

Clémentine, en ce jour, se vit environnée
    Et d'hommages et de présents :
Boîtes, coffrets, bijoux, bonbons de toute espèce,
    Autour d'elle semblaient pleuvoir.

Quel tableau pour Volage ! et comment concevoir
Qu'elle laissât en paix un moment sa maîtresse ?
Clémentine était faible, et, du matin au soir,
Le malheureux oiseau se bourra sans mesure
    De bonbons, sucre et confiture ;
    Mais voilà que, le lendemain,
Clémentine, venant visiter sa Volage,
    La voit dans un coin de sa cage
Hérissée, immobile. Elle l'appelle en vain :
    Volage a perdu la parole ;
    Son gosier aride et brûlant
Ne forme plus qu'un cri faux et perçant.
    Clémentine, hélas ! se désole :
    C'en est fait, Volage est sans voix.

  •   • • • • • • • • • • • •

    Or le soir même elle expira ;
    Le jour suivant on l'enterra,

Et sur sa tombe on mit, en forme de devise :

Tous bonbons
Sont poisons ;
Gourmandise
Est sottise.

DE JUSSIEU.

VI. — L'ENFANT ET LA NOIX.

Fanfan vit une noix dans le fond d'une armoire.
De ce fruit il était friand.
Il s'en empare au même instant,
Comme il est aisé de le croire ;
Mais, en cassant la noix, ô fatal accident !
Mon drôle se casse une dent,
Et la maudite noix se trouve toute noire.

LE BAILLY.

VII. — L'INNOCENCE ET LE REPENTIR.

On dit que la Vertu dans son palais, un jour,
Voulut réunir sa famille.
Dès le matin paraît l'Innocence, sa fille,
Qu'accompagnent de loin le Respect et l'Amour.
De ses simples grâces ornée,

De roses blanches couronnée,
Et tenant un lis à la main,
Elle entre... Quel œil pur! quel front calme et serein!
En la voyant aussi parfaite,
La Vertu tendrement sourit,
Et tout le palais retentit
De chants de triomphe et de fête.
Le soir, arrive un inconnu
Pâle, qui lève au ciel une paupière humide
Et s'avance d'un pas incertain et timide,
Comme s'il redoutait de n'être pas reçu:
Sur ses traits est empreinte une douleur amère.
Ah! c'est le Repentir si longtemps attendu,
Dit avec douceur la Vertu;
Ne le rebutez pas, je suis aussi sa mère.

LE BON GÉNIE.

VIII. — LA POULE ET LES POUSSINS.

Chez les oiseaux, ainsi que chez l'humaine espèce,
Prudence est rarement compagne de jeunesse.
Par un beau jour d'avril, en troupe rassemblés,
Vont se répandre au loin des nourrissons ailés.
Ces bruyants étourdis, que leur mère accompagne,
Pour la première fois sortis dans la campagne,
Fêtent leur liberté par d'innocents ébats;
Jeunes aventuriers qui n'aperçoivent pas

Que déjà, dans les airs, le brigand sanguinaire [1]
Promène la terreur de son vol circulaire.
Une mère voit tout ; ses yeux veillent toujours.
A l'aspect du péril qui menace leurs jours,
De l'œil et de la voix conjurant la tempête,
Elle frémit, va, court, vole, rien ne l'arrête,
Hâte les plus tardifs, les rassemble en courant ;
Mais il faut une proie au vautour dévorant.
Le plus faible de tous, le plus chéri sans doute,
Du rempart maternel n'a pu s'ouvrir la route.
Le monstre ailé s'abat, et, d'un bec assassin,
L'enlève, le déchire et l'immole à sa faim.
Barbare ! qui ravit les petits à leur mère !
L'infortunée, hélas ! gémit, se désespère.
Que lui sont les enfants qu'elle n'a point perdus !
Elle n'avait de fils que celui qui n'est plus !

LALANNE.

IX. — LE PAON ET LE ROSSIGNOL.

Un paon vantait son beau plumage ;
Un rossignol, son joli chant :
Se louer ainsi n'est pas sage,
Mais que de gens en font autant !

[1] L'oiseau de proie.

Le paon, dans son orgueil extrême,
Méprisait tout, hors la beauté ;
Le rossignol, de son côté,
Mettait le chant au rang suprême.
La nuit survint fort à propos,
Pour terminer cette querelle :
Le plus éclatant des oiseaux
Se perdit dans l'ombre avec elle ;
Et les accents de Philomèle
Acquirent des charmes nouveaux.

VITALIS.

La beauté brille une heure,
Mais le talent demeure.   ***

X. — LE PINSON ET LA PIE.

Apprends-moi donc une chanson,
Demandait la bavarde pie
A l'agréable et gai pinson,.
Qui chantait au printemps sur l'épine fleurie.
    — Allez, vous vous moquez, ma mie ;
A gens de votre espèce, ah ! je gagerais bien
    Que jamais on n'apprendra rien.
    — Eh quoi ! la raison, je te prie?
— Mais c'est que, pour s'instruire et savoir bien
                   [chanter,

Il faudrait savoir écouter ,
Et babillard n'écouta de sa vie.

(Mme DE LA FERNANDIÈRE.)

XI. — L'Enfant et le Chat.

Tout en se promenant, un bambin déjeunait
    De la galette qu'il tenait.
Attiré par l'odeur, un chat vient, le caresse ,
Tourne, fait le gros dos, et vers l'enfant se dresse :
Oh ! le joli minet ! et le marmot charmé
Partage avec celui dont il se croit aimé.
Mais le flatteur à peine obtient ce qu'il désire,
    Qu'au loin il se retire.
Ha! ha ! ce n'est pas moi, dit l'enfant consterné,
    Que tu suivais ; c'était mon déjeuné.

GUICHARD.

XII. — L'Éléphant, l'Hirondelle et la Pie.

Messire l'éléphant, sans suite et sans fracas,
    Par un beau jour d'été visitait ses États.
Comme il allait à pied, il veut reprendre haleine,
    Et s'arrête à l'ombre d'un chêne.
Sur la cime de l'arbre une pie habitait,
Et plus bas, dans un creux, logeait une hirondelle.

La dame de là-haut, babillarde éternelle,
    Du matin au soir caquetait,
    Comme une margot qu'elle était.
A peine a-t-elle vu l'altesse éléphantine :
    — Ah ! grands dieux ! qu'aperçois-je là ?
    Va-t-elle dire à sa voisine :
    Le vilain monstre que voilà !
Par ma foi, le chameau, malgré sa double bosse,
    Est moins hideux qu'un tel colosse.
    Je ne dis rien de ses pieds mal tournés,
De sa queue en fuseau, de sa pesante allure.
    Mais regarde un peu sa figure :
    Quels petits yeux et quel long nez !
    Qui ne rirait du nez d'un pareil sire ?
    L'hirondelle lui répondit :
— Il a de petits yeux, mais ils sont pleins d'esprit
    Quant à l'objet dont tu veux rire,
    C'est une trompe que Dieu fit,
Ou plutôt une main. Vois avec quelle adresse
    Il la fait mouvoir en tout sens,
L'allonge ou la resserre, ou la courbe, ou la dresse !
    Je passe à ses autres talents.....
— « Oui-dà, reprend Margot, tu diras des merveilles ;
Tout éloge d'autrui me blesse les oreilles,
    -Bonsoir! — Là finit l'entretien.
Dame Jacquette aussitôt déménage,
Et, pour médire à l'aise aux dépens du prochain.

Elle va rejoindre soudain
Ses commères du voisinage.

Le dirai-je? Hélas ! je connais
Un homme de ce caractère.
Avez-vous des talents , il n'en parle jamais;
Des défauts, c'est une autre affaire ;
Il tait ce qu'on doit dire, et dit ce qu'on doit taire.
Mais là-dessus point de procès :
A trop de gens j'aurais affaire.

LE BAILLY.

XIII. — L'ENFANT SUR L'ÉPAULE.

Un bon papa faisait sauter son fils ;
Il le prend sur l'épaule , et l'enfant se redresse:
« Que tous les hommes sont petits! »
Se disait-il avec ivresse.
Chacun autour de lui s'écriait: « Qu'il est grand ! »
On traite l'homme en place ainsi que cet enfant.

JOLIVEAU.

XIV. — LES DEUX POTIERS [1].

Certain potier blâmait l'ouvrage
D'un potier, son voisin, et disait que ses pots,

[1] Fabricants de vases en terre cuite.

Mal tournés, ne seraient achetés que des sots,

Qu'il n'en était encor qu'à son apprentissage:

Les uns étaient trop grands, les autres trop petits.

Celui-ci repartit: « Halte-là, mon confrère;

Mes pots n'ont qu'un défaut, mais qui doit vous dé-
[plaire,

C'est que de votre moule ils ne sont point sortis. »

RICHER.

XV. — LE JEUNE OURS ET SON PÈRE.

Certain ours eut un fils, aussi beau que son père.

Cet enfant, sans cesse flatté,

Devint, comme c'est l'ordinaire,

Ce qu'on nomme un enfant gâté.

S'il ouvrait sa petite gueule

Pour dire un mot : Ah! que d'esprit !

Que de bon sens ! C'est la sagesse seule

Qui peut lui dicter ce qu'il dit.

Se mettait-il quelquefois en colère :

Il a du cœur, des sentiments !

Médisait-il : Il est sincère !

Était-il fier : C'est le défaut des grands!

Bref, dans notre poupon tout paraissait louable,

En lui tout vice était aimable.

Qu'arrive-t-il à de pareils enfants ?

Ils se moquent bientôt de leurs faibles parents.
L'ours méprisa les siens dès l'âge le plus tendre ;
A peine daignait-il leur parler, les entendre.
    — Viens avec moi, petit mignon ;
    Nous irons à la chasse. — Non !
— Pourquoi, mon fils ? — Vous me rompez la tête.
    Toujours il élevait le ton,
Jamais il ne faisait une réponse honnête.
Et quand, pour châtier des discours si choquants,
On voulait le punir, l'ourson montrait les dents.
Bientôt son pauvre père, accablé de tristesse,
Descendit au tombeau, disant à ses amis :
De cet enfant pervers, objet de ma tendresse,
    J'ai bien mérité le mépris.
    C'est moi, c'est moi qui, par faiblesse,
    Par une excessive mollesse,
    Ai gâté le cœur de mon fils.

BARRE.

XVI. — LE SOURICEAU [1].

Un souriceau, rôdant une nuit sans sa mère,
    Fut conduit par son odorat
    Vers le trou d'une souricière,
Qui recélait un mets à l'aspect délicat.

[1] Petite souris.

Oh! dit-il, voici fine chère [1],

Si je ne me trompe à l'odeur.

Mais un fil tout à coup modère son ardeur.

Le bestion [2] recule, et rumine en sa tête

S'il doit franchir, ou non, l'obstacle qui l'arrête.

Ma mère m'avertit jadis,

Se disait-il, que pour notre ruine

L'homme a construit mainte machine,

Que certains trous sont mortels aux souris.....

Le meilleur mets est trop cher à ce prix !

Quel dommage !... Après tout, la vieillesse est peu-
[reuse,

Peut-être un peu jalouse et souvent radoteuse...

Oh ! je suis bien tenté d'en courir le hasard :

Le plaisir paraît sûr, et la perte douteuse.....

Puis mourir en mangeant du lard,

Est-ce une mort si malheureuse?.....

Il flaire, il flaire encore... Il rentre au trébuchet.

A l'odeur de la chair son appétit s'enflamme :

Il n'y peut plus tenir, il coupe le filet...

La Parque [3] de ses jours coupe aussitôt la trame.

Enfants, apprenez par ce trait

Que le pire danger est celui qui nous plaît.

                                    BOISARD.

1 Repas friand.
2 Petite bête.
3 La mort.

XVII. — Les Chevaux et le Pourceau.

Dom Pourceau s'engraissait dans une basse-cour,
 Mangeant et dormant tout le jour.
Plein d'ennui cependant au sein de l'indolence,
 Il s'étonnait que deux chevaux,
Dont il plaignait la dure et pénible existence,
Parussent si joyeux dans leurs rudes travaux.
— Expliquez-moi, dit-il, comment il se peut faire
Que je tombe en langueur, moi, dont l'unique affaire
Est de manger, dormir et ronfler tout mon soûl;
Tandis que vous, sans cesse à la misère en proie,
Toujours la selle au dos et le collier au cou,
Vous paraissez toujours dispos et pleins de joie !
 Parlez avec sincérité.
L'un des chevaux lui dit en dressant sa crinière :
 — O roi des fainéants ! voici tout le mystère :
 C'est que l'ennui naît de l'oisiveté ;
 Mais le travail pour l'animal est père
  De la joie et de la santé.

Le Bailly.

XVIII. — L'Enfant et les Fleurs.

Un jeune enfant dans un parterre,
 Avide de cueillir des fleurs,

Dit en lui-même : « Il me faut satisfaire,
Tout m'offre ici mille douceurs. »
Voyant une rose vermeille,
Il voulut d'abord s'en saisir ;
Mais il ne vit point une abeille,
Dont l'aiguillon lui fit sentir
Qu'il achetait trop cher un frivole plaisir.

Le sage, avant d'agir, réfléchit, examine ;
Car la plus belle fleur souvent cache une épine.

XIX. — LA PRÉCIPITATION.

« Avant la fin du jour je veux être à Paris, »
Disait un jeune fat. Ses chevaux, hors d'haleine,
Étaient tout en sueur. — Que vous avez de peine,
Pauvres chevaux, quand vous êtes conduits
Par de tels étourdis !
Dit tout haut un passant. — Holà ! bonhomme, écoute :
Arriverai-je avant la nuit ? — Sans doute,
Si vous allez modérément ;
Sinon, vous coucherez en route.
— Vilain, tu fais l'impertinent !
Tiens... Et notre fier personnage
Lui donne de son fouet à travers le visage.
Content de ce beau fait,
Il reprend sa course rapide.

Il vole comme un trait,
　　Mais tout à coup l'essieu perfide
Crie et se rompt... Monsieur tombe dans le fossé.
Monsieur n'arriva pas, pour s'être trop pressé.

XX. — LE SINGE ET L'ANE.

Connaissez-vous le singe? Il est divertissant
　　　　Pour un instant.
Vous le voyez grimper, sauter, faire sans cesse
　　　Quelque tour de souplesse,
　　　Puis se moquer des gens
　　Et s'amuser à leurs dépens.
Mais il est très-pervers et se plaît à mal faire.
　　Pour moi, je ne l'estime guère.
　Pauvre métier, que celui de farceur,
　Et pauvre esprit, celui de bateleur!
L'âne un jour le lui dit, quoique si bonne bête.
Lentement il marchait, chargé d'un lourd fardeau
—Quel noble port! dit l'autre; oh! la superbe tête!
Regardez sa figure et son joli museau!
L'âne en passant répond : — Tu sais tout contrefaire,
Tout railler, vil moqueur; mais tu n'es bon à rien
Qu'à grimacer. Du moins, si tu savais te taire!...
Pour moi, je suis utile. Adieu. Mon savoir-faire
　　　Vaut bien
　　　Le tien.

XXI. — L'Offre trompeuse.

Sur la porte d'un beau jardin
Ces mots étaient gravés : « Je donne ce parterre
A quiconque est content. » — Voilà bien mon affaire,
Dit un homme tout bas. J'ai droit à ce terrain.
Plein de joie il s'adresse au maître.
— Pour recevoir le don vous me voyez paraître :
    Je suis content de mon destin.
Le seigneur lui répond : — Cela ne saurait être ;
    Qui veut avoir ce qu'il n'a pas
N'est point content. Retournez sur vos pas.

BARBE.

XXII. — Les Deux Taureaux.

Deux taureaux laboureurs, couchés dans une étable,
    S'entretenaient de leur condition.
  L'un, ruminant sur leur sort misérable,
    Faisait cette réflexion :
— Nous nous donnons beaucoup de peine.
Et pourquoi ? Pour un maître ingrat,
  Qui seul en profite et nous bat.
Ami, plus de travail, plus de joug, plus de gêne ;
Reposons-nous, vivons comme les dieux.
  Mais l'autre, plus judicieux :

6

— Ne nous abusons point, une erreur dangereuse
    Pourrait nous perdre! Or, ne vois-tu pas bien
      Que, grâce à cette vie oiseuse,
Nos champs mal cultivés ne produiront plus rien?
    Nous souffrirons le plus de la famine;
      Le maître encore nous battra,
      Et de notre piteuse mine
      Chacun de nos voisins rira.
    Non, non, prends courage, confrère,
Et retournons aux champs. Achevons notre bail.

Il vaut encore mieux vivre dans le travail
    Que de mourir dans la misère.

XXIII. — LE VIEUX PAPILLON ET LA CHANDELLE.

Fuyez, fuyez, mon fils, loin de cette chandelle,
    Disait à son cher nourrisson
    Un vieux routier de papillon.
Elle est bien plus à craindre encor qu'elle n'est belle.
A mes dépens j'appris qu'on doit la redouter :
    J'y brûlai le bout de mon aile,
Et je fus très-heureux de ne pas y rester.
Le jeune papillon promit de l'éviter
    Avec un soin extrême,
    Mais disant en lui-même :

Pourquoi tant craindre ce flambeau ?

'Il est si brillant et si beau !

Oh ! oh ! les vieilles gens me semblent trop timides.

Si l'on voulait les croire et les prendre pour guides,

Il faudrait toujours craindre et ne jamais bouger.

Voyons donc si l'ardeur de cette flamme est telle

Que je n'en puisse approcher sans danger.

Aussitôt dit, autour de la chandelle

Notre étourdi se met à voltiger,

Va, vient, éprouve une chaleur flatteuse,

Qui lui présente une amorce trompeuse.

De plus près il veut la sentir.

Séduit par le plaisir

Il fait une imprudence ;

Et le feu, par sa violence,

Dans un instant le fait périr.

Jeunesse sans expérience,

Que le malheur du papillon

Vous serve à jamais de leçon.

XXIV. — LE DIAMANT ET LE LAPIDAIRE [1].

Un diamant informe et tout couvert de terre

Ne pouvait consentir à se laisser tailler.

[1] Celui qui polit les pierres précieuses.

Et, sitôt que le lapidaire
S'occupait à le travailler :
— Pourquoi, lui disait-il, me mettre à la torture?
Pouvez-vous, sans rougir, avoir l'âme si dure?
    — Si je vous traite avec rigueur,
    Ami, c'est pour votre avantage.
    Et, bon gré, mal gré, le taillant,
    Il en fit un bijou brillant.

    Inutilement la nature
Vous aurait départi les plus rares talents,
    Si le travail et la culture
    Ne faisaient valoir ces présents.

XXV. — LE PÈRE ET SES DEUX ENFANTS.

    Un père dans une prairie
    Se promenait de compagnie
    Avec ses deux jeunes enfants,
    Doués des plus rares talents,
    Mais différents de caractère.
L'un était appliqué, docile, studieux;
L'autre lâche, indolent, et parfait paresseux.
    — Connaissez-vous, leur dit le père,
    Ces insectes volants ?
    — Oh! oui, depuis longtemps :
L'un, que l'on nomme abeille, est toujours à l'ouvrage

Et fabrique ce miel que nous trouvons si bon;

Et l'autre, appelé papillon,

Inconstant, léger et volage,

Sans jamais se fixer, vole de fleur en fleur.

— A votre avis, lequel est le plus estimable?

— Oh! c'est l'abeille, et l'autre est sans valeur.

De quoi le trouvez-vous capable?

— De rien; et vous avez raison.

Mais, ô mon fils, pourquoi vous rendez-vous semblable

A cet inconstant papillon?

Pourquoi méritez-vous son nom?

Devenez donc enfin plus sage,

Et des dons du Seigneur faites meilleur usage.

XXVI. — L'Enfant et la Marmotte.

Un jeune enfant à tête de linotte,

Qui ne songeait qu'à se bien divertir,

Faisait un crime à la marmotte

De passer six mois à dormir.

Il ne l'appelait que dormeuse,

Bonne à rien, vieille paresseuse.

Elle lui répondit un jour avec bon sens :

En plus d'une manière on peut perdre le temps.

Si vous me jugez condamnable

De perdre le mien en dormant,

N'êtes-vous pas inexcusable

De perdre le vôtre en jouant?

Car, pour moi, je le fais sans être en rien coupable,

Mais vous ne le pouvez qu'en désobéissant.

XXVII. — LES DEUX BATELIERS.

Sur un fleuve grossi par les eaux de la pluie

Deux bateliers, de compagnie,

Conduisaient chacun leur bateau.

Dans son métier, encor novice,

L'un ne connaissait guère l'eau;

Mais l'autre, vieux routier, par un long exercice

Avait si bien appris tous les chemins du port,

Qu'il arrivait toujours sans mauvaise aventure.

L'un et l'autre allaient bien d'abord,

Leur marche était tranquille et sûre;

Mais un pont de loin sur les flots

Montrait ses dangereux arceaux.

Notre vieux batelier vit le moment critique,

Et, craignant pour le jeune un acident tragique :

— Sur ton bateau veille avec soin.

— Bah! c'est m'y prendre de bien loin,

Dit-il; je réglerai ma marche

Lorsque nous serons près de l'arche.

— Mon fils, il ne sera plus temps,

Tout dépend des moments présents.
Mais notre jeune téméraire
Rit de cet avis salutaire,
Et bientôt arrive aux arceaux
Si terribles pour les bateaux.
Alors, menacé du naufrage,
Il veut exécuter les leçons du vieillard,
Il fait force de bras, il met tout en usage;
Mais c'était s'y prendre trop tard.
Le courant, par sa violence,
L'entraîne sur le roc du pont,
Et, l'y brisant, le coule à fond.

Apprenez donc, imprudente jeunesse,
A respecter la voix de la sagesse.

XXVIII. — LA MOUCHE ET LE MIEL.

Une mouche vit sur la table
Un grand bassin rempli de miel :
— Allons, de ce mets délectable
Régalons-nous, grâces au ciel.
Aussitôt, avec confiance
Elle va se poser sur la douce liqueur;
Et longtemps, avec complaisance,
Elle en savoure la douceur.
Mais quand, après avoir follement fait bombance,

Elle voulut se retirer,

Elle sentit avec surprise

Que par les pieds elle était prise ;

Elle ne put se dépêtrer,

Au milieu de ce miel il fallut expirer.

Puisse cette mouche peu sage

Par sa mort vous apprendre, ô jeunesse volage,

Que, de tous les dangers à redouter pour vous,

Les plus funestes sont trop souvent les plus doux !

XXIX. — La Mère et l'Enfant désobéissant.

Un enfant à tête légère,

Se promenant un jour avec sa mère,

Vit une ruche et voulut s'approcher.

— Oh ! gardez-vous bien d'y toucher,

Cria la mère, ou bientôt les abeilles

Vous piqueront et vous feront pleurer.

— Que font-elles dedans? — Elles font des merveilles ;

Car Dieu leur a donné de nous y préparer,

Avec le suc des fleurs, de beaux gâteaux de cire

Et des rayons de miel.

— Ce miel que j'aime tant ! ô ciel !

Et l'enfant se prit à sourire...

Bientôt, ayant quitté sa mère adroitement,

Vers la ruche il revient, s'en approche en cachette,

Se glisse en palpitant, y plonge une baguette,
En tire un peu de miel, le lèche avidement,
    Et, dans sa bouche satisfaite
    En savoure alors la douceur.
    Mais aussitôt avec fureur
    Les abeilles, de leur retraite
    Fondant sur le petit voleur,
    Le piquent aux mains, au visage,
    Et lui font pousser de grands cris
    Sa mère accourt et le soulage

En lui disant : « Le ciel vous a puni, mon fils ;
Vous souffrez pour avoir méprisé mes avis. »

XXX. — LE PÈRE, SON FILS ET LES ORANGES.

Un père avait un fils dont la candide enfance
A sa tendresse offrait la plus douce espérance.
    Mais il craignait, pour de bonnes raisons,
    L'affreux contact de mauvais compagnons.
Souvent il lui disait « : Fuyez leur compagnie.
    Ou bien ils vous entraîneront,
    Et tôt ou tard ils souilleront
    La pureté de votre vie.
    — Non, mon père, car mes discours,
Mes exemples surtout arrêteront le cours
De leurs tristes penchants. Calmez toutes vos craintes

Le tendre père alors interrompit ses plaintes
Et voulut triompher de sa simplicité
Par adresse plutôt que par autorité.

Il lui donne un panier d'oranges.
Le jeune homme en est enchanté
Et d'abord éclate en louanges;
Mais, les regardant de plus près,
Il en aperçoit de tachées,
Dans le fond du panier cachées.
Le père l'avait fait exprès.

Avec effroi le fils aussitôt se récrie :
— Jetez celles-ci, cher papa,
Car tout le reste pourrira.

Un seul mouton galeux gâte une bergerie.
— Non, croyez-moi, mon fils chéri !
Le bon rendra sain le pourri.
Ayez un peu de patience
Et jugeons par expérience;
Enfermons-les, et l'on verra
Comment la chose tournera.
Il obéit, non sans murmure.
Huit jours après cet entretien,
Comme vous le devinez bien,

On trouva ce beau fruit réduit en pourriture,
L'enfant gémit et pleure : Ah! j'avais bien raison
De dire : « Le mauvais gâtera tout le bon! »
— Je l'ai dit avant vous, lui répondit le père,

Quand je vous ai blâmé de votre liaison ,

Mais vous souteniez le contraire.

Soyez convaincu maintenant

Que la société des méchants rend méchant.

XXXI. — LE JARDINIER ET SON FILS.

Près d'un garçon du voisinage

Colas, vieux jardinier, voyait souvent son fils.

Son gros bon sens, mûri par l'âge,

Le rendait soupçonneux sur le choix des amis.

Un jour il l'appela. — Mon cher fils, sois sincère :

Ce jeune homme est-il sûr? Dis-moi, quel est son nom

—C'est un tel. — Connais-tu ses mœurs, son caractère?

— Oui, mon père. — Tant mieux ! mais prends-y

[garde, Pierre,

Ajouta le bonhomme en montrant un melon :

Tu vois ce fruit, sa couleur séduisante !

Eh bien! il faut parfois en éprouver cinquante,

Mon fils, avant que d'en trouver un bon.

XXXII. — LE MIROIR.

Sur la fin de l'hiver vivait une alouette,

Vrai modèle d'instinct et de vivacité,

Jeune surtout et fort bien faite,

Par conséquent pleine de vanité.

On la voyait dans les campagnes

Se rengorger, se panacher,

D'elle-même s'amouracher.

Allait-elle avec ses compagnes,

Ce n'était que pour s'assurer

Qu'elle valait beaucoup mieux qu'elles,

Et les contraindre d'admirer

Quelques gentillesses nouvelles.

Elle se disait quelquefois :

Je vaux, ou l'on m'a bien trompée,

L'alouette la mieux huppée

Et le phénix [1] de tous ces bois.

Tandis qu'elle tient ce langage,

Elle voit dans un champ reluire son image.

Un miroir faisant cet effet,

Dérobait à ses yeux un dangereux filet.

Un jeune enfant la guettait au passage.

La voilà toutefois qui s'élève en chantant,

S'abaisse par degrés, plane avec complaisance,

Se retourne et puis se balance,

Se trouve à chaque mouvement

Plus belle encor qu'auparavant ;

Tant qu'à la fin, s'abattant sur la glace,

---

[1] Le plus bel oiseau.

Dans le piége elle s'embarrasse,
Ivre de plaisir de se voir [1].

Bonne leçon, petites filles [2],
Qui voulez paraître gentilles :
L'orgueil a pris plus d'un cœur au miroir.

XXXIII. — LA CHATTE ET SON PETIT.

Une Minette aussi douce que belle
Bien tendrement élevait son petit,
  Cher Minet, doux et beau comme elle.
Ils avaient au salon un grand fauteuil pour lit ;
Mais une nuit d'hiver, sans être délicate,
Minette eut froid, malgré sa fourrure de chatte.
Une petite fille, amour de ses parents,
  Couchait dans la chambre voisine.
  Minette était chère à Rosine
Et le savait très-bien. En chatte de bon sens,
Elle vient, flaire, gratte et miaule à la porte.
Chez Rosine aussitôt la tendresse l'emporte
  Sur le sommeil assoupissant.

[1] Le filet se replie tout à coup sur le miroir et sur l'oiseau.
   [2] *Les petits garçons diront :*

Retenez-le bien à tout âge,
  Vous, qui voulez demeurer sage,
L'orgueil a pris plus d'un cœur au miroir.

Elle se lève, elle ouvre à la pauvrette,
Et dans son lit accueille sa Minette
Auprès d'elle, en la caressant.
Notre chatte, avec complaisance
Se tapit et s'étend,
A l'aise et chaudement;
Et, faute d'éloquence,
S'efforce par un long bourdonnement
D'exprimer sa reconnaissance.
Mais son plaisir est incomplet.
Elle saute du lit, appelle son Minet,
Le saisit et l'apporte auprès de sa maîtresse,
Puis semble réclamer pour lui quelque caresse.
L'enfant s'émeut, les baise tour à tour,
Et se sent attendrie;
D'une mère chérie
Ce trait touchant lui rappelait l'amour.

XXXIV. — LE PÈRE ET SON FILS.

Après avoir appris sa leçon de grammaire,
Un jeune enfant avec son père
Se promenait dans un jardin,
Lorsqu'ils trouvèrent en chemin
Un arbrisseau dont la tempête
Sans doute avait courbé la tête.

Le père usa de l'incident
Pour donner à son fils un avis salutaire :
« Va relever cet arbre incliné par le vent,
    Et rends-lui sa forme première. »
      — « Volontiers, » s'écria l'enfant.
Il court, et, sans effort, le redresse à l'instant.
— « Bien, mon fils ! à présent vois-tu là-bas ce chêne
    Que son poids vers le sol entraîne ?
    Tâche aussi de le redresser,
    Et rends-lui le même service. »
    L'enfant sourit : « Pour qu'il fléchisse,
Cher père, à d'autres bras il faut vous adresser ;
Que Samson ressuscite, et qu'il vienne à notre aide !
    Je n'y vois pas d'autre remède. »

    Il est aisé de corriger
    Tous les défauts du premier âge ;
Mais qu'il est difficile, enfants, de les changer,
Lorsqu'ils sont affermis par le temps et l'usage !

XXXV. — La Mouche et le Papillon.

Un vase plein de lait, d'un lait appétissant,
    Encor tout chaud, tenta certaine mouche ;
    Il aurait bien tenté certain enfant.
Notre friande accourt, va, vient, étend et touche
Son aile avec sa patte allonge son suçoir,

Près de glisser s'envole, et plus loin va s'asseoir,
Revient, perd l'équilibre et tombe, ensuite nage...
Un papillon, témoin de son triste naufrage,

    Plutôt que de l'aider,

    Se mit à la railler :

  « Mignonne, vous voilà bien prise !

  Expiez votre gourmandise. »

Sans rien répondre, après bien des efforts,

Elle se sauve enfin sur l'un des bords.

  Le papillon, qui s'est ri d'elle,

S'élève dans les airs; mais l'œil d'une hirondelle

L'aperçoit, et son bec lui fait subir le sort

Qu'il méritait, je veux dire la mort.

XXXVI. — LES POISONS.

  Un père, des plus imprudents,

  Sous les yeux de ses deux enfants

Laissait, soit par oubli, soit par insouciance,

Des contes, des romans, des livres dangereux,

Qui pouvaient, en flattant leur esprit curieux,

De leurs cœurs encor purs corrompre l'innocence.

Or, sur ce point voulant lui faire la leçon

  Sans le choquer, un ami véritable

    Fit étaler sur une table

    Différents paquets de poison ;

Chacun avait son étiquette.
L'autre survient, et, pris d'une horreur secrète :
« Quoi ! mon ami, dit-il avec émotion,
>   Vous êtes père de famille,
>   Vous avez un fils, une fille,
>   Et vous leur laissez sous la main
Tous ces poisons mortels dont l'effet est certain !.»
« J'ai tort, répond-il, oui ; je suis un téméraire.
>   Mais souffrez que je sois sincère :
>   Chez vous, aux mains de vos enfants,
>   Souvent j'ai vu d'affreux romans
>   Qu'à leurs regards vous auriez dû soustraire.
Est-ce moins imprudent ? Décidez en bon père.
Quel poison, dites-nous, est plus pernicieux
>   Que ces écrits licencieux ?
>   Dans l'intérêt de leurs mœurs, de leurs âmes,
N'hésitez pas, jetez-les tous aux flammes.

XXXVII. — LE LABOUREUR IMPRÉVOYANT.

Un jeune laboureur (il avait nom Colin),
Ayant lu quelque part, en allant à la ville,
Qu'il est bon de mêler l'agréable à l'utile,
Résolut d'essayer la chose un beau matin.

Colin aimait les fleurs, il crut faire merveille
De semer des bluets dans son champ de froment.

J'aurai tout à la fois, disait-il gravement,
Des fleurs et des épis pour remplir ma corbeille.

J'y pourrai joindre encor des graines de pavots :
J'ai souvent admiré leur couleur éclatante ;
Si la froide saison ne trompe mon attente,
Je dois être amplement payé de mes travaux.

Cela dit, dans le champ il sème, à l'aventure,
Plus de fleurs que de blé ; puis il vient chaque jour
Admirer leur progrès, implorer le retour
De l'astre qui féconde et pare la nature.

Tout répondit aux vœux du jeune agriculteur ;
L'azur, le pourpre et l'or, d'une teinte légère,
Émaillèrent son champ, que la jeune bergère
Saluait en passant d'un sourire flatteur.

La récolte partout fut bonne et belle à voir.
Colin vint à son champ. Hélas! folle espérance !
Les fleurs avaient des blés étouffé la semence ;
Pas un grain de froment! jugez quel désespoir.

Colin en fut malade, on le croira sans doute ;
Mais ne trouvez-vous pas qu'il méritait son sort ?
Donner trop au plaisir, hélas ! c'est un grand tort :
Le temps fuit, et plus tard on sait ce qu'il en coûte.

COIGNET.

XXXVIII. — Fanfan et Colas.

Fanfan, gras et vermeil, et marchant sans lisière,
    Voyait son troisième printemps ;
D'un si beau nourrisson Perrette toute fière
S'en allait à Paris le rendre à ses parents.
    Perrette avait, sur sa bourrique,
  Dans deux paniers mis Colas et Fanfan.
De la riche Chloé celui-ci fils unique
Allait changer d'état, de nom, d'habillement,
    Et peut-être de caractère.
    Colas, lui, n'était que Colas,
  Fils de Perrette et de son mari Pierre.
Il aimait tant Fanfan qu'il ne le quittait pas :
    Fanfan le chérissait de même.
Ils arrivent. Chloé prend son fils dans ses bras :
    Son étonnement est extrême,
Tant il lui paraît fort, bien nourri, gros et gras.
Perrette de ses soins est largement payée ;
    Voilà Perrette renvoyée ;
  Voilà Colas que Fanfan voit partir ;
  Trio de pleurs ; Fanfan se désespère :
    Il aimait Colas comme un frère ;
Sans Perrette et sans lui que va-t-il devenir?
Il fallut se quitter. On dit à la nourrice :
« Quand de votre hameau vous viendrez à Paris,

N'oubliez pas d'amener votre fils ;
Entendez-vous, Perrette ? On lui rendra service. »
Perrette, le cœur gros, mais plein d'un doux espoir,
De son Colas déjà croit la fortune faite.
De Fanfan cependant Chloé fait la toilette :
Le voila décrassé, beau, blanc ; il fallait voir !
    Habit moiré, toquet d'or [1], riche aigrette.
On dit que le fripon, se voyant aux miroir,
        Oublia Colas et Perrette.

« Je voudrais à Fanfan porter cette galette,
Dit la nourrice un jour : Pierre, qu'en penses-tu ?
Voilà bientôt six mois que nous ne l'avons vu. »
    Pierre y consent ; Colas est du voyage.
    Fanfan trouva (l'orgueil est de tout âge),
    Pour son ami, Colas trop mal vêtu :
    Sans la galette il l'aurait méconnu.
perrette accompagna ce gâteau d'un fromage,
De fruits, de raisins, doux trésors de Bacchus.
    Les présents furent bien reçus ;
Ce fut tout ; et, tandis qu'elle n'est occupée.
        Qu'à faire éclater son amour,
        Le marmot, lui, bat le tambour,
Traîne son chariot, fait danser sa poupée.

1 Bonnet d'enfant.
2 Dieu du vin chez les païens.

Quand il a bien joué, Colas dit : « C'est mon tour. »
    Mais Fanfan n'était plus son frère ;
    Fanfan le trouva téméraire ;
Fanfan le repoussa d'un air fier et mutin.
    Perrette alors prend Colas par la main :
      « Viens, lui dit-elle avec tristesse !
    Voilà Fanfan devenu grand seigneur ;
    Viens, mon fils, tu n'as plus son cœur. »
L'amitié disparaît où l'égalité cesse.

AUBERT.

XXXIX. — CHLOÉ ET FANFAN.

    J'ai peint Fanfan ingrat envers Perrette,
      Perrette, qui l'avait nourri ;
Je l'ai peint dédaignant Colas pour son ami,
Et logeant la fierté déjà sous la bavette.
    Fanfan grandit, et, malgré les avis
      De Chloé, mère tendre et sage,
      Son orgueil s'accrut avec l'âge :
Le fripon insultait tous les gens du logis.
    Que fit Chloé, pour corriger son fils ?
      Chloé, par un adroit mensonge,
      Vint à bout de changer son cœur.
« Mon fils, dit-elle un jour, apprenez le malheur
      Où le juste destin vous plonge :

7.

Vous n'êtes point à moi, Perrette et son mari
  Ont trompé tous deux ma tendresse;
  Ce secret vient d'être éclairci.
De vous sacrifier ils ont eu la faiblesse.
Soit amour pour Colas, soit toute autre raison,
Soit l'espoir de tirer quelque jour avantage
Des trésors usurpés par vous dans ma maison,
  Ils vous ont fait changer de nom,
  D'habit, d'état et d'héritage.
Mais enfin le remords a dévoilé l'horreur
  De leur détestable artifice :
Colas est mon enfant, et vous êtes le leur.
Je retire mon fils des mains de sa nourrice;
  Il va rentrer aujourd'hui dans ses droits,
Et vous allez partir : votre orgueil en murmure...
Adieu; je sentais bien, Colas, que la nature
Dans mon âme pour vous n'élevait point sa voix. »

Fanfan, troublé, muet, l'œil fixé sur sa mère,
A ce nom de Colas laisse couler des pleurs.
  Chloé, tournant les yeux ailleurs
  Pour pousser jusqu'au bout l'affaire
Tient ferme, le dépouille, et lui met les habits
  Qu'il devait porter au village.
Mille sanglots alors échappent à son fils;
  Les pleurs inondent son visage,
Il parle enfin : « Maman, que vais-je devenir ?

Mal vêtu, mal nourri, fils du paysan Pierre,
Je serai malheureux... — Oui, Colas, mais qu'y faire ?
Le ciel de votre orgueil a voulu vous punir.
Vous traitiez durement tous ceux que la misère
Pour subsister oblige de servir ;
Vous allez apprendre à les plaindre.
Vous voyez qu'au sein du bonheur
Les retours du sort sont à craindre ;
De vos cruels dédains reconnaissez l'erreur :
Si mon fils allait vous les rendre,
S'il allait à son tour... » Fanfan, n'y tenant plus,
Tombe aux pieds de Chloé, désespéré, confus,
La conjure de le reprendre :
« Je servirai, lui dit-il, votre fils ;
Je le respecterai, je lui serai soumis. »
C'en fut assez pour cette sage mère,
Qui se sentait trop attendrir :
Elle embrassa son fils, quitta cet air sévère,
L'appela par son nom, loua son repentir,
Et désormais eut lieu de s'applaudir
De cette leçon salutaire.   AUBERT.

XL. LE PETIT OISEAU CRUELLEMENT PLUMÉ.

Le pauvre Nicolas, tout courbé sous le poids
D'un énorme fagot, s'en revenait du bois

Un soir, beaucoup plus tard qu'il n'en avait coutume.
En marchant, il disait d'un ton plein d'amertume :
« La bonne Marguerite est bien triste à présent :
    Elle s'inquiète, elle pleure ;
        Chaque moment
    Lui paraît long, long comme une heure.
Antoine est triste aussi : c'est un si bon enfant !
    C'est tout le portrait de sa mère.
    Si les cieux nous aident, j'espère
    Qu'il sera tendre et bienfaisant.
Cet espoir est bien doux ! Mais voici que j'approche :
Ils seront consolés quand ils me reverront :
Comme ils seront joyeux ! comme ils m'embrasseront !
    S'ils me faisaient quelque reproche,
Je leur dirai pourquoi j'ai tardé si longtemps ;
Au lieu de m'en vouloir, ils seront bien contents. »
    Tout en raisonnant de la sorte,
    Nicolas arrive à sa porte :
Il entre, il voit sa femme assise auprès du lit,
    Sur la traverse de sa chaise.
Sa tête est renversée ; elle pleure et gémit.
Son fils est à genoux ; il tient, il presse, il baise
Sa main, qu'elle paraît vouloir lui retirer.
« Cessez, dit Nicolas, cessez de soupirer :
Me voilà bien portant... Est-ce ainsi qu'on m'embrasse ?
Vous ne me dites rien ! Mon fils, tu ne viens pas
    Te jeter dans mes bras !

Une caresse me délasse :

Tu le sais bien; viens donc !...Ils veulent me punir.

Ne boudez plus : tenez ! mettez-vous à ma place;

Voyez si je devais plus tôt m'en revenir :

J'avais fait mon fagot, je sortais du bocage

(Il n'était pas encore absolument bien tard),

Quand j'y vois arriver un malheureux vieillard :

   Il est, je crois, de ce village

Que par notre fenêtre on aperçoit là-bas.

Il se traînait à peine : A voir votre démarche,

    Lui dis-je, patriarche,

    Vous semblez déjà las.

   Il me répond par un hélas!

Qui me fait grand'pitié. Vite, je prends ma hache,

Je lui coupe un fagot; je ne le fais pas gros;

Il ne l'eût pas porté. De deux harts je l'attache,

    Et le mets sur son dos.

    Il me remercie et me quitte.

Je veux doubler le pas pour arriver plus vite :

    La neige tient à mes sabots,

Et m'empêche... Mais quoi! ma chère Marguerite,

Encore des soupirs! encore des sanglots! »

Marguerite, à ces mots, lui dit : « Je suis la mère

    Du fils le plus méchant ! »

—« Antoine méchant! lui! non, non! son caractère

Est bon; je le connais, il est encore enfant;

Il aime à folâtrer; c'est le droit de son âge :

Mais laisse faire, en grandissant
    Il sera bon et sage. »
— Dis plutôt cruel. — Non ; je le promets pour lui.
Antoine, tu devrais le promettre toi-même,
Et tâcher d'apaiser une mère qui t'aime.
Mais approche ; dis-moi : qu'as-tu fait aujourd'hui
Pour la fâcher? Réponds, puisque je le demande.
Vous vous cachez, mon fils, la faute est donc bien
                                    [grande?
— Très-grande, cher époux : mais il en est honteux ;
C'est bon signe. — Dis-mois ce que c'est. — Tu le
    Tu seras fâché de l'entendre :   [veux?
Mais enfin tu le veux ; tu le sauras. Ce soir,
    Comme il m'ennuyait de t'attendre,
J'ouvrais de temps en temps la porte, et j'allais voir
    Si tu venais. Une fauvette
    Entre avec moi dans la maison,
    Puis se blottit sur la couchette.
    Elle grelottait : la saison
    Est pour cela bien assez dure.
    Je la réchauffais dans mon sein,
    De mon haleine et sous ma main,
Lorsque je vois entrer, faisant triste figure,
La petite Barbet. La pauvre créature,
    En tombant sur des échalas,
Dans la vigne ici près, s'est déchiré le bras.
Elle pleurait ..... Tandis que j'étais occupée

A la panser, ton fils, à qui j'avais donné
La fauvette à tenir, dans un coin s'est tourné
Et puis... — Achève donc ! — Et puis il l'a plumée.
    — Quoi, plumée ! — Oui, partout le corps,
Hors les ailes pourtant. La porte était fermée :
Il a bien su l'ouvrir pour la mettre dehors.

    Elle a volé, la malheureuse !
    Elle volait en gémissant ;
    J'entendais sa voix douloureuse,
Qui me saignait le cœur... Nous aurons un méchant ;
Juge ce qu'il fera, s'il devient jamais grand.
Voilà, mon bon ami, ce qui me désespère :
Aurais-tu fait cela, quand tu n'étais qu'enfant ?
    Moi, qui disais à tout instant :
Mon cher Antoine aura la bonté de son père.
Aussi je l'aimais trop ; que Dieu m'en punit bien !...

    — Va ! va ! console-toi, ma chère ;
    Sèche tes pleurs, et ne crains rien :
    Il est là-haut une justice
    Aux bons parents toujours propice.
S'il doit être un méchant, les cieux nous l'ôteront ;
    Non, jamais ils ne permettront...   [brasse,
Approche-toi, mon fils ; viens, viens, que je t'em-
Que je t'embrasse, hélas ! pour la dernière fois.
Tu fais bien de pleurer ; je pleure aussi, tu vois.
Mets ta main sur mon cœur : tiens ! c'était là ta
                                    [place ;

Car je t'aimais, Antoine, et c'était mon bonheur.
Je ne t'aimerai plus... Oh! si fait! j'ai beau dire,
Je t'aimerai toujours : ce sera ma douleur.
Ciel! j'aimerai donc un... j'ai peur de te maudire.
Il faut les ramasser, les plumes de l'oiseau,
    Et les pendre à ce soliveau.
    Ramasse-les, ma pauvre femme.
Quand nous l'aimerons trop, nous les regarderons ;
    En les regardant, nous dirons :
Il ne faut point aimer une aussi méchante âme.
Ce pauvre oiseau ! mon fils (reste sur mes genoux);
Ce pauvre oiseau ! crois-tu que la seule froidure
    L'ait amené chez nous ?
    Non, c'est l'auteur de la nature
    Qui le mettait entre nos mains ;
C'était nous ordonner de lui sauver la vie :
Il prend soin des oiseaux tout comme des humains.
Et vous l'avez plumé! S'il me prenait envie
De vous envoyer nu passer la nuit au froid...
    Vous m'en avez donné le droit,
    Vous n'auriez point à vous en plaindre ;
Mais je serais méchant, je vous ressemblerais,
    Et plus que vous j'en souffrirais...
Ne tremble point, mon fils ; va! tu n'as rien à craindre,
Car je sens que je t'aime et t'aimerai toujours.
    J'espérais que, dans la vieillesse,
De ta mère et de moi tu serais le secours ;

Et tu vas abréger nos jours
Par les chagrins et la tristesse. »
— « Ah! maman..., ah! papa..., baisez-moi de bon
[cœur;
Non, vous ne mourrez point, de chagrin, de douleur :
Tout le bien que je pourrai faire,
Je vous promets, je le ferai.
Je serai bon enfant, je vous ressemblerai. »
Aisément un père, une mère
Se laissent attendrir. Antoine eut son pardon.
Il tint sa promesse : il fut bon.
Il fut si vertueux, si sage,
Qu'on le montrait dans le canton
A tous les enfants de son âge.
Un jour qu'il regardait tristement au plancher,
La mère, qui le vit, alla prendre une échelle :
« Monte, mon fils, monte, dit-elle,
Et va promptement détacher
Les plumes de l'oiseau : c'est là ce qui t'afflige :
Jette-les au feu, ne crains rien;
Ton père le veut bien :
Tu le veux, n'est-ce pas? — Oui. — Jette-les, te
Et qu'il n'en reste aucun vestige. »   [dis-je,

(L'abbé Lemonnier.)

XLI. — L'abeille et la Mouche.

Un jour, une abeille aperçut une mouche auprès
de sa ruche. Que viens-tu faire ici ? lui dit-elle d'un
ton furieux. Vraiment, c'est bien à toi, dit l'animal, à
te mêler avec les reines de l'air ! Tu as raison, répondit froidement la mouche, on a toujours tort de
s'approcher d'une nation aussi fougueuse que la vôtre. Rien n'est plus sage que nous, dit l'abeille :
Nous seules avons des lois et une république bien
policée; nous ne broutons que des fleurs odoriféran-
tes; nous ne faisons que du miel délicieux, qui égale
le nectar. Ote-toi de ma présence, vilaine mouche
importune, qui ne fais que bourdonner et chercher
ta vie sur des ordures. Nous vivons comme nous
pouvons, répondit la mouche : la pauvreté n'est pas
un vice, mais la colère en est un grand. Vous faites
du miel qui est doux, mais votre cœur est amer ;
vous êtes sages dans vos lois et emportées dans votre conduite Votre colère, qui pique vos ennemis,
vous donne la mort, et votre folle cruauté vous fait
plus de mal qu'à personne. Il vaut mieux avoir des
qualités moins éclatantes, avec plus de modération.

FÉNELON.

XLII. — Le Loup et le jeune Mouton

Des moutons étaient en sûreté dans leur parc ; les chiens dormaient; et le berger, à l'ombre d'un grand ormeau, jouait de la flûte avec d'autres bergers voisins. Un loup affamé vint, par les fentes de l'enceinte, reconnaître l'état du troupeau. Un jeune mouton sans expérience, et qui n'avait jamais rien vu, entra en conversation avec lui. Que venez-vous chercher ici ? dit-il au glouton. L'herbe tendre et fleurie, lui répondit le loup. Vous savez que rien n'est plus doux que de paître dans une verte prairie, émaillée de fleurs, pour apaiser sa faim, et d'aller éteindre sa soif dans un clair ruisseau. J'ai trouvé ici l'un et l'autre. Que faut-il davantage ? J'aime la philosophie qui enseigne à se contenter de peu. Est-il donc vrai, répartit le jeune mouton, que vous ne mangez point la chair des animaux, et qu'un peu d'herbe vous suffit ? Si cela est, vivons comme frères et paissons ensemble. Aussitôt le mouton sort du parc dans la prairie, où le sobre philosophe le mit en pièces et l'avala.

Défiez-vous des gens à belles paroles, des gens qui se vantent d'être vertueux. Jugez-en par leurs actions, et non par leurs discours.

FÉNELON.

XLIII. — LE SINGE.

Un vieux singe malin étant mort, son ombre descendit dans la sombre demeure de Pluton, où elle
demanda à retourner parmi les vivants. Pluton voulait la renvoyer dans le corps d'un âne pesant et stu-
pide, pour lui ôter sa souplesse, sa vivacité et sa
malice : mais elle fit tant de tours plaisants et ba-
dins, que l'inflexible roi des enfers ne put s'empêcher de rire et lui laissa le choix d'une condition.
Elle demanda à entrer dans le corps d'un perroquet.
Au moins, disait-elle, je conserverai par là quelque
chose de l'homme, que j'ai si longtemps imité. Étant
singe je faisais comme eux, et étant perroquet, je
parlerai avec eux dans les plus agréables conversations. A peine l'âme du singe fut introduite dans ce
nouveau métier, qu'une vieille femme causeuse l'a-
cheta. Il fit ses délices; elle le mit dans une belle cage. Il faisait bonne chère et discourait toute la journée avec la vieille radoteuse, qui ne parlait pas plus
sensément que lui. Il joignait à son nouveau talent
d'étourdir tout le monde, je ne sais quoi de son an-
cienne profession : il remuait sa tête ridiculement;
il faisait craquer son bec; il agitait ses ailes de cent
façons, et faisait de ses pattes plusieurs tours qui sen-
taient les grimaces de Fagotin. La vieille prenait à

toute heure ses lunettes pour l'admirer. Elle était
bien fâchée d'être un peu sourde et de perdre des
paroles de son perroquet, à qui elle trouvait plus
d'esprit qu'à personne. Ce perroquet gâté devint ba-
vard, importun et fou. Il se tourmenta si fort dans
sa cage, et but tant de vin avec la vieille, qu'il en
mourut. Le voilà revenu devant Pluton, qui voulut
cette fois le faire passer dans le corps d'un poisson
pour le rendre muet, mais il fit encore une farce au
roi des ombres; et les princes ne résistent guère aux
demandes des mauvais plaisants qui les flattent.
Pluton accorda donc à celui-ci qu'il irait dans le corps
d'un homme. Mais comme le dieu eut honte de l'envoyer dans le corps d'un homme sage et vertueux, il
le destina au corps d'un harangueur ennuyeux et importun, qui mentait, qui se vantait sans cesse, qui
faisait des gestes ridicules, qui se moquait de tout le
monde, qui interrompait toutes les conversations les
plus polies et les plus solides, pour dire des riens ou
les sottises les plus grossières. Mercure, qui le re-
connut dans ce nouvel état, lui dit en riant : Oh !
oh ! je te reconnais, tu n'es qu'un composé du singe
et du perroquet, que j'ai vus autrefois. Qui t'ôterait
tes gestes et tes paroles apprises par cœur sans jugement, ne laisserait rien de toi. D'un joli singe et d'un
bon perroquet on n'a fait qu'un sot homme.

Oh ! combien d'hommes dans le monde, avec des

gestes façonnés, un petit caquet et un air capable,
n'out ni sens ni conduite !   FÉNÉLON.

XLIV. — LE DRAGON ET LES RENARDS.

Un dragon gardait un trésor dans une profonde ca-
verne ; il veillait jour et nuit pour le conserver. Deux
renards, grands fourbes et grands voleurs de leur
métier, s'insinuèrent auprès de lui par leurs flatte-
ries. Ils devinrent ses confidents. Les gens les plus
complaisants et les plus empressés ne sont pas
toujours les plus sûrs. Ils le traitaient de grand
personnage, admirant toutes ses fantaisies, étant
toujours de son avis, et se moquant entre eux de
leur dupe. Enfin il s'endormit un jour au milieu
d'eux ; ils l'étranglèrent et s'emparèrent du trésor.
Il fallait le partager entre eux : c'était une affaire
bien difficile ; car deux scélérats ne s'accordent que
pour faire le mal. L'un d'eux se mit à moraliser :
A quoi, disait-il, nous servira tout cet argent ? Un
peu de chasse nous vaudrait mieux : on ne mange
point de métal ; les pistoles [1] sont de mauvaise di-
gestion. Les hommes sont des fous d'aimer tant
ces fausses richesses ; ne soyons pas aussi insen-
sés qu'eux. L'autre fit semblant d'être touché de
ces réflexions, et assura qu'il voulait vivre en philo-

[1] Monnaie étrangère.

sophe, comme Bias [1], portant tout son bien sur lui. Chacun fait semblant de quitter le trésor : mais ils se dressèrent des embûches et s'entre-déchirèrent. L'un d'eux, en mourant, dit à l'autre, qui était aussi blessé que lui : Que voulais-tu faire de cet argent? — La même chose que tu voulais en faire, répondit q'autre. Un homme passant apprit leurs aventures, et les trouva bien fous. « Vous ne l'êtes pas moins que nous, lui dit un des renards. Vous ne sauriez, non plus que nous, vous nourrir d'argent, et vous vous tuez pour en avoir. Du moins notre race, jusqu'ici, a été assez sage pour ne mettre en usage aucune monnaie. Ce que vous avez introduit chez vous pour la commodité fait votre malheur. Vous perdez les vrais biens pour en chercher d'imaginaires. »

FÉNELON.

XLV. — LE SONGE DU MATIN.

Un petit garçon, nommé Léopold, descendait un matin de la petite chambre où il avait coutume de dormir, en pleurant amèrement, et de grosses larmes coulaient le long de ses joues. Son père et sa mère s'approchèrent de lui tout effrayés, pensant qu'il était arrivé à l'enfant quelque accident fâcheux,

[1] Sage de la Grèce.

ou bien qu'il était malade et en proie à quelque douleur violente de la tête, ou à des tiraillements dans
les membres. Ils se mirent donc à le questionner, et
lui dirent : Cher enfant, qu'as-tu ? Qui est-ce qui t'a
fait du mal ?

Alors l'enfant, ouvrant la bouche, leur dit : Ah !
j'avais tout à l'heure douze jolies petites brebis blanches, et elles se tenaient autour de moi, et elles me
léchaient les mains, et j'étais assis au milieu d'elles
avec ma houlette. Mais les voilà maintenant dispa-
rues, et je ne sais pas où elles sont allées.... Après
avoir dit ces paroles, il se remit à verser d'abondan-
tes larmes.

Les parents comprirent le chagrin de l'enfant, il
avait eu un songe, et ils en sourirent entre eux en secret.

Mais le père dit à la mère de l'enfant : Nous rions,
et pourtant nos soupirs et nos chagrins ne ressem-
blent-ils pas souvent aux larmes de cet enfant ; et nos
vœux et nos désirs ne sont-ils pas, la plupart du
temps, semblables au songe du petit Léopold ?

Cependant le jeune garçon était toujours désolé à
cause des douze petites brebis. Alors les parents dé-
libérèrent sérieusement sur ce qu'il fallait faire ; et
le père se leva et dit : Léopold, je vais sortir pour
chercher tes brebis. Et il alla, et il acheta un agneau,
et il l'apporta, et il le plaça en un lieu d'où il pût
être aperçu par l'enfant. Aussitôt que celui-ci le vit,

il fit éclater sa joie, il courut vers l'agneau, il le serra dans ses bras, et il disait : Oui, le voilà, le voilà! Il est bien tel que je l'ai vu! Et il était ravi de joie; mais il ne parlait plus des onze autres, il ne s'en souvenait plus.

Le père, voyant cela, sourit de nouveau, et dit à la mère : Dans nos songes et dans nos larmes, nous sommes, malgré notre âge, semblables au petit Léopold. Que ne lui ressemblons-nous aussi par notre peu d'exigence, et par notre facilité à nous contenter de jouissances simples et peu nombreuses!

(*Parab. de Krummacher*, trad. de M. TEILLAC.)

XLVI. — LA FLEUR AMÈRE.

Un jour de printemps, une mère partit avec sa petite fille pour aller sur la montagne. Quand elles furent dehors, l'enfant se réjouissait beaucoup à l'aspect des plantes et des fleurs, qui se présentaient dans tout leur éclat.

Mais, parmi toutes ces fleurs, elle en choisit une de préférence, qui était petite, délicate, rouge et charmante. Mina — c'était le nom de la jeune enfant — ayant cueilli la fleur, la considérait ravie de joie, la baisait, la sentait, et ne se lassait pas d'en faire l'éloge.

8

Mais bientôt elle fut fatiguée et rassasiée de tout cela, et, désirant de trouver dans la petite fleur une volupté plus grande encore, elle l'approcha de sa bouche, et voulut la manger.

Mais qu'arriva-t-il ? Mina courut précipitamment vers sa mère ; elle pleurait, elle poussait des cris : Ah! chère mère, disait-elle, cette petite fleur, qui avait une forme et des couleurs si belles, j'ai voulu la manger ; mais elle est d'une telle amertume, que j'en ai la bouche tout empestée. Oh! la vilaine, la détestable fleur!

Ainsi se lamentait la petite fille. Mais sa mère lui répondit : Ma chère enfant, pourquoi mangeais-tu cette fleur? Les fleurs ont pour plaire la beauté de leur forme et de leurs couleurs, et, de plus, elles répandent un agréable parfum ; n'est-ce pas beaucoup? n'est-ce pas suffisant? On ne doit pas aller jusqu'à manger les fleurs.

KRUMMACHER, idem.

En allant trop loin, on trouve la souffrance ; il faut modérer ses désirs, et se contenter des jouissances que Dieu nous offre ou nous permet.

XLVII. — LA BELLADONE.

Un père cheminait avec ses deux enfants, un petit garçon et une petite fille, vers le haut d'une colline, et les enfants prenaient plaisir à chercher des fraises sur les bords du chemin et dans les broussailles, où elles croissent en abondance.

Soudain le père entend un grand cri de joie des deux enfants, et il s'étonnait de ce que cela pouvait être. Il s'approche d'eux, et il aperçoit qu'ils tenaient dans leurs mains un fruit de jolie apparence, qui semblait être une espèce de cerise, et qu'ils se disposaient à manger.

Mais le père leur ôte ces cerises, les jette à terre, et les foule aux pieds devant leurs yeux. Ensuite il arrache la plante elle-même, et il se met aussi à écraser les fruits qui y étaient encore attachés.

Les deux enfants murmuraient, et regardaient leur père avec mauvaise humeur; mais le père ne leur dit rien, et il se remit en chemin. A la fin, les enfants lui adressèrent la parole, et lui dirent : Cher papa, comment avez-vous pu détruire ainsi ce beau fruit, et nous priver du plaisir que nous allions goûter? Pourquoi avez-vous fait cela? Enfants, répondit le père, si vous aviez mangé ce fruit, vous seriez morts tous les deux. C'était de la belladone, plante dont le fruit est un poison mortel.

Les enfants, confus, baissaient les yeux, et ils remerciaient leur père; puis ils ajoutèrent : Pourquoi donc ne nous avez-vous pas dit cela, cher papa ! Nous ne vous aurions pas chagriné par nos injustes murmures.

Ce sont vos murmures mêmes, et votre mauvaise humeur. qui m'en ont empêché, répondit le père. Croyez-vous que je vous aurais empêché de cueillir des fraises douces et saines ? — Vous savez à présent quels sont les plaisirs que je vous interdis.

KRUMMACHER, *idem.*

Souvent les poisons les plus dangereux sont cachés sous des apparences séduisantes. Ce qui plaît à l'œil et ce qui flatte les sens peut donner la mort à l'âme. Enfants, mettez votre inexpérience sous la sauvegarde de la sagesse et de l'amour de vos parents.

QUATRIÈME PARTIE

MORCEAUX DIVERS.

I. — L'ÉCOLIER.

Un tout petit enfant s'en allait à l'école.
On avait dit : Allez !... il tâchait d'obéir ;
Mais son livre était lourd ! il ne pouvait courir.
Il pleure, et suit de loin un abeille qui vole.

« Abeille, lui dit-il, voulez-vous me parler?
« Moi, je vais à l'école : il faut apprendre à lire :
« Mais le maître est tout noir, et je n'ose pas rire !
« Voulez-vous rire, abeille, et m'apprendre à voler,
« — Non, dit-elle; j'arrive et je suis très-pressée.
« J'avais froid : l'aquilon m'a longtemps oppressée :
« Enfin, j'ai vu les fleurs, je redescends du ciel,
« Et je vais commencer mon doux rayon de miel.
« Voyez! j'en ai déjà puisé dans quatre roses ;
« Avant une heure encor nous en aurons d'écloses.
« Vite, vite à la ruche! on ne rit pas toujours :
« C'est pour faire le miel qu'on nous rend les beaux
                                        [jours. »

Elle fuit et se perd sur la route embaumée.
Le frais lilas sortait d'un vieux mur entr'ouvert ;

8.

Il saluait l'aurore, et l'aurore charmée
Se montrait sans nuage et riait de l'hiver.

Une hirondelle passe : elle effleure la joue
Du petit nonchalant, qui s'attriste et qui joue ;
Et dans l'air suspendue, en redoublant sa voix,
Fait tressaillir l'écho qui dort au fond des bois.

« Oh ! bonjour ! dit l'enfant, qui se souvenait d'elle ;
« Je t'ai vue à l'automne. Oh ! bonjour, hirondelle,
« Viens ! tu portais bonheur à ma maison, et moi
« Je voudrais du bonheur. Veux-tu m'en donner, toi ?
« Jouons. — Je le voudrais, répond la voyageuse,
« Car je respire à peine, et je me sens joyeuse.
« Mais j'ai beaucoup d'amis qui doutent du prin-
[temps ?
« Ils rêveraient ma mort, si je tardais longtemps.
« Non, je ne puis jouer. Pour finir leur souffrance,
« J'emporte un brin de mousse en signe d'espérance.
« Nous allons relever nos palais dégarnis ;   [nids.
« L'herbe croît, c'est l'instant des amours et des
« J'ai tout vu. Maintenant, fidèle messagère,
« Je vais chercher mes sœurs, là-bas sur le chemin.
« Ainsi que nous, enfant, la vie est passagère,
« Il faut en profiter. Je me sauve... A demain ! »

L'enfant reste muet ; et, la tête baissée,
Rêve et compte ses pas, pour tromper son ennui,

Quand le livre importun, dont sa main est lassée,
Rompt ses fragiles nœuds et tombe auprès de lui.

Un dogue l'observait du fond de sa demeure.
Stentor, gardien sévère et prudent à la fois,
De peur de l'effrayer retient sa grosse voix.
Hélas ! peut-on crier contre un enfant qui pleure?
« Bon dogue, voulez-vous que je m'approche un peu?
« Voyez! ma main est rouge ; il en est cause. Au jeu
« Rien ne fatigue, on rit ; et moi, je voudrais vivre
« Sans aller à l'école, où l'on tremble toujours.
« Je m'en plains tous les soirs, et j'y vais tous les
                                                  [jours;
« J'en suis très-mécontent. Je n'aime aucune affaire.
« Le sort des chiens me plaît, car ils n'ont rien à
                                                  [faire. »

« — Écolier! voyez-vous le laboureur aux champs?
« Eh bien! ce laboureur, dit Stentor, c'est mon maî-
                                                  [tre.
« Il est très-vigilant ; je le suis plus peut-être.
« Il dort la nuit, et moi j'écarte les méchants.
« J'éveille aussi ce bœuf, qui d'un pied lent, mais
                                                  [ferme,
» Va creuser les sillons, quand je garde la ferme.
» Pour vous-même on travaille ; et, grâce à nos
                                                  [brebis,
» Votre mère, en chantant, vous file des habits.

» Par le travail tout plaît, tout s'unit, tout s'arrange.

« Allez-donc à l'école ; allez, mon petit ange !

« Les chiens ne lisent pas, mais la chaîne est pour
[eux :

« L'ignorance toujours mène à la servitude.

« L'homme est fin, l'homme est sage, il nous défend
[l'étude ;

« Enfant, vous serez homme, et vous serez heureux ;

« Les chiens vous serviront. »

L'enfant l'écouta dire,
Et même il le baisa. Son livre était moins lourd.
En quittant le bon dogue il pense, il marche, il court.
L'espoir d'être homme un jour lui ramène un sourire ;
A l'école, un peu tard, il arrive gaîment,
Et dans le mois des fruits il lisait couramment.

DESBORDES, VALMORE.

11. — ENFANTINE.

Que de brillantes fleurs tu cueilles,
En suivant les sentiers du bois !
Leurs tiges et leurs mille feuilles
Se pressent dans tes petits doigts.
Sur les gazons verts des allées,
Sais-tu qui répand ces bouquets,
Et dans les bois, dans les vallées,

Te sème de si beaux jouets?

Celui qui fait toutes ces choses,
C'est Dieu. De son palais du ciel,
C'est lui qui nuance les roses,
Et donne aux abeilles leur miel;
C'est lui qui fait croître la plume
De tes serins au faible essor;
A l'oranger, qui te parfume,
C'est lui qui suspend des fruits d'or.

C'est lui, toujours lui, qui t'envole
Les bluets semés dans les blés,
Qui donne au ver sa longue soie,
Au rossignol ses chants perlés;
C'est lui qui fait le corps si frêle
Des papillons frais et jolis,
Et qui pose encor sur leur aile
Ces points de nacre et de rubis.

Son ciel est tout plein de merveilles :
Là, sont des vierges, blanches sœurs,
Qui volent comme les abeilles :
Des saints aux manteaux de vapeurs,
Des voix qui chantent ses louanges,
Des bienheureux, que sais-je, moi?
De purs esprits, de jolis anges,
Tout petits enfants comme toi.

Mais eux, du moins, ils sont dociles,
On obéit au paradis ;
Leurs jeux sont choisis et tranquilles ;
Si jamais des larmes, des cris,
Troublaient la divine demeure,
Parmi les grands saints on dirait :
« Chassez-nous cet enfant qui pleure ! »
Et le bon Dieu se fâcherait.

Tu sais bien ta petite amie,
Elle est comme eux, près du Seigneur,
Sitôt après s'être endormie,
Elle a fui comme une vapeur,
Plus loin que le soleil qui brille,
Que la lune, que les éclairs,
Que la planète qui scintille,
Que l'arc-en-ciel qui peint les airs.

Parmi ses compagnes nouvelles
Elle est bien heureuse à présent !
Ainsi qu'un ange elle a des ailes,
Puis une auréole d'argent ;
Et parfois, quand elle est bien sage,
Le bon Dieu lui permet encor
D'aller jouer dans un nuage,
Ou bien dans une étoile d'or.

L'enfant obéissant, comme elle,
En mourant s'envole dans l'air ;

Mais il tombe, s'il est rebelle,
Chez les hommes noirs de l'enfer.
Là, d'un ton rude on lui commande,
On brise tous ses beaux jouets ;
La leçon qu'on donne est si grande
Qu'il ne la termine jamais.

Tu frémis, n'est-ce pas ? prends garde !
Sois bien sage, car c'est affreux.
Obéis-moi, Dieu te regarde ;
Les saints et les vierges des cieux,
Sous un nuage qui les voile,
Quand tu pleures viennent te voir ;
Et je sais que dans chaque étoile
Des anges se cachent le soir.

Mᵐᵉ SÉGALAS.

III. — LA PETITE FILLE.

Poursuis dans les jardins tes compagnes bruyantes,
Enfant, va te mêler aux rondes tournoyantes ;
Tes jeunes sœurs et toi, courez, sautez, riez ;
Prends ta corde à la main et bondis intrépide ;
Forme ce double tour qui passe si rapide
    Sous tes deux petits pieds.

Mais quoi ! tu viens à moi tout en pleurant ! ta mère
T'aura parlé peut-être avec un ton sévère ?

Est-ce un jeu qu'on défend, un devoir imposé?
Est-ce un oiseau captif qui t'échappe et s'envole,
Quelque grande leçon à dire dans l'école,
    Quelque jouet brisé?

Allons, allons, rejoins tes compagnes rieuses!
Dis en chœur les refrains de tes chansons joyeuses;
Essaie à ta poupée un vêtement nouveau;
Ou jette ce volant qui glisse entre les branches,
Et que tu vois, dans l'air, avec ses plumes blanches,
    Passer comme un oiseau.

Comme il va s'écouler ton âge d'innocence!
Adieu, rire éclatant et jeune insouciance,
Et folâtres pensées rayonnant dans l'esprit!
Tout cela fuit avec nos brillantes journées;
Et, comme le visage, au souffle des années
    L'âme aussi se flétrit.

Oh! cours dans les jardins, lance l'escarpolette
Jusqu'aux grand marronniers; poursuis, tout in-
Le joli papillon qui vole sur la fleur;   [quiète,
Prends tes plus beaux jouets, bondis vive et légère;
Jouis du moins, enfant, dans cette vie amère,
    De ton jour de bonheur!

                    Mme SÉGALAS.

IV. — LA BERGERONNETTE.

Pauvre petit oiseau des champs,
Inconstante bergeronnette,
Qui voltiges vive et coquette,
Et qui siffles tes jolis chants ;

Bergeronnette si gentille,
Qui tournes autour du troupeau,
Par les prés sautille, sautille,
Et mire-toi dans le ruisseau !

Va, dans tes gracieux caprices,
Becqueter la pointe des fleurs,
Ou poursuivre, aux pieds des génisses,
Les mouches aux vives couleurs.

. . . .
. . . . Et demain,
Quand je marcherai, viens t'ébattre,
Près de moi, le long du chemin.

Moi, qui voyage sans compagne ;
Moi, pauvre enfant, triste et rêveur,
Errant dans la verte campagne,
Quand je suis seul avec mon cœur,

C'est ton doux chant qui me console ;
Je n'ai point d'autre ami que toi !

9

Bergeronnette, vole, vole,
Bergeronnette, devant moi !.....

DOVALLE.

V. — LA VIOLETTE.

Aimable fille du printemps,
Timide amante des bocages,
Ton doux parfum flatte mes sens,
  Tu sembles fuir mes hommages.

Comme le bienfaiteur discret
Dont la main secourt l'indigence,
Tu me présentes le bienfait
Et tu crains la reconnaissance.

Sans faste, sans admirateur,
Tu vis obscure, abandonnée ;
Et l'œil encor cherche ta fleur,
Quand l'odorat l'a devinée.

Sous les pieds ingrats du passant
Souvent tu péris sans défense ;
Ainsi sous les coups du méchant
Meurt quelquefois l'humble innocence.

Viens prendre place en nos jardins,

Quitte ce séjour solitaire;
Je te promets tous les matins
Une eau toujours limpide et claire.

Que dis-je? non, dans ces bosquets
Reste, ô violette chérie !
Heureux qui répand des bienfaits,
Et, comme toi, cache sa vie !.....

DUROS.

VI. — CONTE D'ENFANT.

Il ne faut pas courir à travers les bruyères,
Enfant, ni sans congé vous hasarder au loin.
Vous êtes.très-petit, et vous avez besoin
Que l'on vous aide encore à dire vos prières.
Que feriez-vous aux champs, si vous étiez perdu?
Si vous ne trouviez plus le sentier du village?
On dirait : « Quoi ! si jeune, il est mort ! c'est dom-
[mage ! »
Vous cririez... De si loin seriez-vous entendu?...
Embrassons-nous; je vais vous conter une histoire.

. . . .

Il était un berger, veillant avec amour
Sur ses tendres agneaux, qui l'aimaient à leur
[tour.

Le soir il renfermait sa famille chérie
                    Dans la bergerie.
Quand l'ombre sur les champs jetait son manteau
                    Il leur disait : — Bonsoir,   [noir,
Chers agneaux : sans danger reposez tous ensemble;
L'un par l'autre pressés, demeurez chaudement,
Jusqu'à ce qu'un beau jour se lève et nous ras-
                                        [semble.
Sous la garde des chiens, dormez tranquillement.

Les chiens rôdaient alors, et le pasteur sensible
Les revoyait heureux dans un rêve paisible.
Eh! ne l'étaient-ils pas? Tous bénissaient leur sort,
Excepté le plus jeune ; hardi, malin, folâtre,
Des fleurs, du miel, des blés et des bois idolâtre;
Seul il jugeait tout bas que son maître avait tort.

Un jour, riant d'avance, et roulant sa chimère,
Ce petit fou d'agneau s'en vint droit à sa mère,
Sage et vieille brebis, soumise au bon pasteur.
—Mère ! écoutez, dit-il : d'où vient qu'on nous en-
                                        [ferme?
Les chiens ne le sont pas, et j'en prends de l'humeur.
Cette loi m'est trop dure, et j'y veux mettre un terme.
Je vais courir partout ; j'y suis très-résolu.
Le bois doit être beau pendant le clair de lune;
Oui, mère, dès ce soir, je veux tenter fortune :

Tant pis pour le pasteur, c'est lui qui l'a voulu.

— Demeurez, mon agneau, dit la mère attendrie;
Vous n'êtes qu'un enfant, bon pour la bergerie;
Restez-y près de moi! si vous voulez partir,
Hélas! j'ose pour vous prévoir un repentir.

— J'ose vous dire non, cria le volontaire...
Un chien les obligea tous les deux à se taire.

Quand le soleil couchant au parc les rappela,
Et que par flots joyeux le troupeau s'écoula,
L'agneau sous une haie établit sa cachette;
Il avait finement détaché sa clochette.

Dès que le parc fut clos, il courut à l'entour,
Il jouait, gambadait, sautait à perdre haleine.

— Je voyage, dit-il, je suis libre à mon tour!
Je ris, je n'ai pas peur; la lune est claire et pleine,
Allons au loin, dansons, broutons!

                              Mais, par malheur,

Des loups pour leurs enfants cherchaient alors curée...
Un peu de laine, hélas! sanglante et déchirée,
Fut tout ce que le vent daigna rendre au pasteur
Jugez comme il fut triste, à l'aube renaissante!
Jugez comme on plaignit la mère gémissante!

— Quoi, ce soir, cria-t-elle, on nous appellera,
Et ce soir... et jamais l'agneau ne répondra!
En l'appelant en vain, elle affligea l'aurore;
Le soir elle mourut en l'appelant encore.

                    Mme DESBORDES VALMORE.

VII. — Le Nid.

De ce buisson de fleurs approchons-nous ensemble :
Vois-tu ce nid posé sur la branche qui tremble ?
Pour le couvrir vois-tu les rameaux se ployer ?
Les petits sont cachés dans leur couche de mousse ;
Ils sont tous endormis !... oh ! viens, ta voix est douce,
      Ne crains pas de les effrayer.

De ses ailes encor la mère les recouvre,
Son œil appesanti se referme et s'entr'ouvre,
Et son amour longtemps lutte avec le sommeil ;
Elle s'endort enfin... Vois comme elle repose !
Elle n'a rien pourtant qu'un nid sous une rose
      Et sa part de notre soleil.

Vois, il n'est point de vide en son étroit asyle ;
A peine s'il contient sa famille tranquille ;
Mais là, le jour est pur et le sommeil est doux ;
C'est assez ! elle n'est ici que passagère,
Chacun de ses petits peut réchauffer son frère,
      Et son aile les couvre tous.
                              [elle,
Et nous, pourtant mortels, nous, passagers comme
Nous fondons des palais, quand la mort nous appelle;
Le présent est flétri par nos veux d'avenir ;
Nous demandons plus d'air, plus de jour, plus d'es-
                                [pace,

Des champs, un toit plus grand !... Oh ! faut-il tant
　　　　　　　　　　　　　　　　　　　[de place
Pour aimer un jour et mourir !...

　　　　　　　　　　　　SOUVESTRE.

VIII. — L'OREILLER D'UNE PETITE FILLE.

Cher petit oreiller, doux et chaud sous ma tête,
Plein de plume choisie, et blanc, et fait pour moi !
Quand on a peur du vent, des loups, de la tempête,
Cher petit oreiller, que je dors bien sur toi !
　　　　　　　　　　　　　　　　　　　　[mère
Beaucoup, beaucoup d'enfants pauvres et nus,　sans
Sans maisons, n'ont jamais d'oreiller pour dormir ;
Ils ont toujours sommeil. O destinée amère !
Maman ! douce maman ! cela me fait gémir.

Et quand j'ai prié Dieu pour tous ces petits anges
Qui n'ont pas d'oreiller, moi j'embrasse le mien ;
Seule , dans mon doux nid qu'à tes pieds tu m'ar-
　　　　　　　　　　　　　　　　　　[ranges,
Je te bénis, ma mère, et je touche le tien !

Je ne m'éveillerai qu'à la lueur première
De l'aube : au rideau bleu, c'est si gai de la voir !
Je vais dire tout bas ma plus tendre prière :
Donne encore un baiser, douce maman , bonsoir !

Prière.

Dieu des enfants ! le cœur d'une petite fille (¹),
Plein de prière... (écoute!) est ici sous mes mains ;
On me parle toujours d'orphelins sans famille;
Dans l'avenir, mon Dieu, ne fais plus d'orphelins.

Laisse descendre au soir un ange qui pardonne,
Pour répondre à des voix que l'on entend gémir.
Mets, sous l'enfant perdu que sa mère abandonne,
Un petit oreiller qui le fera dormir.

(Mᵐᵉ DESBORDES VALMORE.)

IX. — LE PETIT SAVOYARD.

LE DEPART.

Chant premier.

Pauvre petit, pars pour la France.
Que te sert mon amour ? Je ne possède rien.
On vit heureux ailleurs ; ici, dans la souffrance.

¹ Pour un petit garçon, modifiez ainsi les trois premiers
vers :

Dieu des enfants ! écoute : Un cœur plein de prières,
Qui t'aime tendrement, est ici sous mes mains.
On me parle toujours d'infortunés sans mères ;
Dans l'avenir, etc.

Pars, mon enfant, c'est pour ton bien.
　　Tant que mon lait put te suffire,
Tant qu'un travail utile à mes bras fut permis.
Heureuse et délassée en te voyant sourire,
　　　Jamais on n'eût osé me dire:
　　　Renonce aux baisers de ton fils.
Mais je suis veuve; on perd sa force avec la joie.
　　　Triste et malade, où recourir ici?
Où mendier pour toi? chez des pauvres aussi!
Laisse ta pauvre mère, enfant de la Savoie;
　　　Va, mon enfant, où Dieu t'envoie.
Mais, si loin que tu sois, pense au foyer absent.
Avant de le quitter, viens, qu'il nous réunisse:
Une mère bénit son fils en l'embrassant;
　　　Mon fils, qu'un baiser te bénisse.
　　　Vois-tu ce grand chêne, là-bas?
Je pourrai jusque-là t'accompagner, j'espère.
Quatre ans déjà passés, j'y conduisis ton père;
　　　Mais lui, mon fils, ne revint pas.
Encor, s'il était là pour guider ton enfance,
Il m'en coûterait moins de t'éloigner de moi;
Mais tu n'as pas dix ans, et tu pars sans défense.
　　　Que je vais prier Dieu pour toi!
Que feras-tu, mon fils, si Dieu ne te seconde,
Seul, parmi les méchants (car il en est au monde),
Sans ta mère, du moins, pour t'apprendre à souffrir!
Oh! que n'ai-je, du pain, mon fils, pour te nourrir!

Mais Dieu le veut ainsi ; nous devons nous soumettre ;
  Ne pleure pas en me quittant ;
Porte au seuil des palais un visage content.
Parfois mon souvenir t'affligera peut-être ;
Pour distraire le riche, il faut chanter pourtant.
Chante, tant que la vie est pour toi moins amère ;
Enfant, prends ta marmotte et ton léger trousseau ;
Répète, en cheminant, les chansons de ta mère,
Quand ta mère chantait autour de ton berceau.
Si ma force première encor m'était donnée,
J'irais, te conduisant moi-même par la main ;
Mais je n'atteindrais pas la troisième journée ;
Il faudrait me laisser bientôt sur ton chemin :
Et moi, je veux mourir aux lieux où je suis née...
Maintenant, de ta mère entends le dernier vœu :
Souviens-toi, si tu veux que Dieu ne t'abandonne,
Que le seul bien du pauvre est le peu qu'on lui
                       [donne.
prie, et demande au riche : il donne au nom de Dieu.
Ton père le disait ; sois plus heureux : adieu.
Mais le soleil tombait des montagnes prochaines,
Et la mère avait dit : « Il faut nous séparer ; »
Et l'enfant s'en allait à travers les grands chênes,
Se tournant quelquefois, et n'osant pas pleurer.

PARIS.

Chant deuxième.

J'ai faim: vous qui passez, daignez me secourir.
Voyez: la neige tombe, et la terre est glacée.
J'ai froid: le vent se lève et l'heure est avancée,
     Et je n'ai rien pour me couvrir.
Tandis qu'en vos palais tout flatte votre envie,
A genoux sur le seuil, j'y pleure bien souvent.
Donnez : peu me suffit; je ne suis qu'un enfant,
     Un petit sou me rend la vie.
On m'a dit qu'à Paris je trouverais du pain ;
Plusieurs ont raconté, dans nos forêts lointaines,
Qu'ici le riche aidait le pauvre dans ses peines;
Eh bien! moi, je suis pauvre et je vous tends la
                            [main.
     Faites-moi gagner mon salaire ;
Où me faut-il courir? dites, j'y volerai.
Ma voix tremble de froid ; eh bien ! je chanterai,
     Si mes chansons peuvent vous plaire.
     Il ne m'écoute pas, il fuit ;
Il court dans une fête (et j'en entends le bruit)
     Finir son heureuse journée.
Et moi, je vais chercher, pour y passer la nuit,
     Quelque guérite abandonnée.
Au foyer paternel quand pourrai-je m'asseoir?

Rendez-moi ma pauvre chaumière,
Le laitage durci qu'on partageait le soir,
Et, quand la nuit tombait, l'heure de la prière
Qui ne s'achevait pas sans laisser quelque espoir.
Ma mère, tu m'as dit, quand j'ai fui ta demeure :
« Pars, grandis et prospère, et reviens près de moi. »
Hélas ! et tout petit faudra-t-il que je meure
    Sans avoir rien gagné pour toi !
    Non, l'on ne meurt point à mon âge ;
Quelque chose me dit de reprendre courage...
Eh ! que sert d'espérer ? Que puis-je attendre enfin ?

J'avais une marmotte, elle est morte de faim.
Et, faible, sur la terre il reposait sa tête ;
Et la neige, en tombant, le couvrait à demi,
Lorsqu'une douce voix, à travers la tempête,
Vint réveiller l'enfant par le froid endormi.
    Qu'il vienne à nous celui qui pleure,
Disait la voix mêlée au murmure des vents,
    L'heure du péril est notre heure ;
    Les orphelins sont nos enfants.
Et deux femmes en deuil recueillaient sa misère.
Lui, docile et confus, se levait à leur voix ;
Il s'étonnait d'abord ; mais il vit dans leurs doigts
Briller la croix d'argent au bout du long rosaire ;
Et l'enfant les suivit, en se signant deux fois.

LE RETOUR.

Chant troisième.

Avec leurs grands sommets, leurs glaces éternelles,
Par un soleil d'été, que les Alpes sont belles !
Tout dans leurs frais vallons sert à nous enchanter :
La verdure, les eaux, les bois, les fleurs nouvelles.
Heureux qui sur ces bords peut longtemps s'arrêter !
Heureux qui les revoit, s'il a pu les quitter !
Seul, loin de la vallée, un bâton à la main,
    Qui va de France à la Savoie ?
Quel est le voyageur que l'été leur envoie ?
C'est un enfant ; il marche, il suit le long chemin.
Bientôt de la colline il prend l'étroit sentier :
Il a mis, ce matin, la bure du dimanche ;
    Et dans son sac de toile blanche
Est un pain de froment qu'il garde tout entier.
Pourquoi tant se hâter à sa course dernière?
C'est que le pauvre enfant veut gravir le côteau,
Et ne point s'arrêter qu'il n'ait vu son hameau
    Et n'ait reconnu sa chaumière.
Les voilà ! tels encor qu'il les a vus toujours,
Ces grands bois, ce ruisseau qui fuit sous le feuillage!
Il ne se souvient plus qu'il a marché dix jours ;
    Il est si près de son village !
Tout joyeux, il arrive, il regarde; mais quoi?

Personne ne l'attend! sa chaumière est fermée.
Pourtant du toit aigu sort un peu de fumée. [moi. »
Et l'enfant plein de trouble : « Ouvrez, dit-il, c'est
La porte cède ; il entre, et sa mère attendrie,
Sa mère, qu'un long mal près du foyer retient,
Se relève à moitié, tend les bras et s'écrie :

  « N'est-ce pas mon fils qui revient? »
Son fils est dans ses bras, qui pleure et qui l'appelle :
« Je suis infirme, hélas ! Dieu m'afflige, dit-elle ;
« Et depuis quelques jours je te l'ai fait savoir,
« Car je ne voulais pas mourir sans te revoir. »
Mais lui : « De votre enfant vous étiez éloignée,
« Le voilà qui revient, ayez des jours contents ;
« Vivez : je suis grandi, vous serez bien soignée.

  « Nous sommes riches pour longtemps. »
Et les mains de l'enfant, des siennes dégagées,
Jetaient sur ses genoux tout ce qu'il possédait,
Les trois pièces d'argent dans sa veste cachées,
Et le pain de froment que pour elle il gardait.
Sa mère l'embrassait et respirait à peine ;
Et son œil se fixait, de larmes obscurci,

  Sur un grand crucifix de chêne,
Suspendu devant elle et par le temps noirci.
« C'est lui, je le savais, le Dieu des pauvres mères
« Et des petits enfants, qui du mien a pris soin ;
« Lui qui me consolait, quand mes plaintes amères

  « Appelaient mon fils de si loin.

« C'est le Christ du foyer, que les mères implorent,

« Qui sauve nos enfants du froid et de la faim.

« Nous gardons nos agneaux et les loups les dévorent,

« Nos fils s'en vont tout seuls et reviennent enfin.

« Toi, mon fils, maintenant me seras-tu fidèle?

« Ta pauvre mère infirme a besoin de secours ;

« Elle mourrait sans toi. » L'enfant, à ce discours,

Grave et joignant les mains, tombe à genoux près d'elle,

Disant : « Que le bon Dieu vous fasse de longs jours! »

GUIRAUD.

X. — L'AUMONE.

Voici venir, mes sœurs, le dernier mois d'automne
Un beau jour maintenant est rare et passager ;
Le pauvre, demi-nu, des premiers froids s'étonne ;
    Travaillons pour le soulager.

Poursuivons un projet par le cœur entrepris ;   [ges.
Appliquons-nous, mes sœurs, faisons de beaux ouvra-
Mais à Dieu seulement demandons-en le prix,
    Sans rechercher d'autres suffrages.

L'hiver sera, mes sœurs, plus rude qu'on ne croit :
Et déjà, dans la cour, d'un ton piteux et triste,
Un tout petit enfant demande qu'on l'assiste,
En soufflant dans ses mains toutes rouges de froid.

Vous avez vu souvent, au seuil du presbytère,
Cette femme encor jeune et d'un maintien tremblant,
Qui nourrit un enfant, pâle comme sa mère,
    Et qui pleure en le consolant.

Au sortir de l'église, hier je l'ai cherchée :
On m'a dit que, malade et n'ayant point d'abri,
Dans la grange prochaine elle s'était couchée,
Et que l'enfant souffrait d'être si mal nourri.

Ma mère en a pleuré, puis m'a donné pour elle ;
Et j'ai couru bien vite apporter ce secours.
Mais ce n'est point assez : travaillons avec zèle,
Mes sœurs, et de tous deux nous sauverons les jours.

    Dans notre livre de prières
(Que j'ai lu bien souvent, mes sœurs) il est écrit
    Que tous les pauvres sont nos frères,
Oui, qu'ils sont, comme nous, enfants de Jésus-Christ.

Tel est des livres saints l'enseignement suprême,
Qu'un ange suit le pauvre et veille sur ses pas;
Qu'un refus est là-haut puni comme un blasphème,
Qu'un cri de faim maudit tous ceux qu'il n'émeut pas,
Et qu'en donnant au pauvre on prête à Dieu lui-
                               [même.
Donnons, mais sans éclat, et même avec mystère ;
Là-haut veille, mes sœurs, un témoin précieux.

Donnons : ce qu'on répand d'aumônes sur la terre
  S'amasse en trésor dans les cieux.

Guiraud.

XI. — L'AUMÔNE.

Donnez à l'indigent, donnez, heureux du monde ;
Vous êtes en tout point semblables à cette onde
Qui, caressant des bords par des palmiers couverts,
Savoure avec orgueil leur ombre favorable
  Pour se perdre dans les déserts.

Donnez, car de la mort l'inflexible fantôme
Ne nous laisse emporter, dans son fatal royaume,
  Que nos crimes et nos vertus ;
Et parmi les vertus l'aumône est la plus belle,
La plus belle des fleurs dont l'éclat étincelle
  Sur la couronne des élus.

Donnez, afin qu'ayant parcouru la carrière,
Vous puissiez sans gémir regarder en arrière,
Et trouver moins amer le moment du trépas ;
Afin de ne pas voir l'espérance bannie,
Quand vos jours passeront devant votre agonie,
  Que vous ne les maudissiez pas !

Donnez, afin que, même aux terrestres demeures,
Le ciel de ses bontés accompagne vos heures.

Et vous rende en tout triomphants ;
Afin qu'en vos sillons il sème l'abondance,
Et qu'il tienne les eaux de la fausse science
    Loin des lèvres de vos enfants.

Hélas ! dans nos cités, naguère si splendides,
Erre, les bras croisés et les regards avides,
    Une effrayante oisiveté ;
Dans l'atelier désert habite le silence,
Et l'on a vu frapper la maison de l'aisance
    D'une soudaine pauvreté.

Pénétrez aux réduits de ces tristes familles,
Voyez ! le haillon manque à la pudeur des filles :
Voyez le désespoir qui sait tout terrasser !
L'enfant, dont les besoins ont dévoré les charmes,
Qui demande du pain, et dont la mère en larmes
    Ne peut, hélas ! que l'embrasser !

Seigneur, notre misère est-elle assez profonde !...
Que ma faible parole, en charité féconde,
    Rende tous les cœurs généreux !
Faites pleuvoir l'aumône aux accents de ma lyre ;
La vanité n'a point commandé mon délire,
    J'ai chanté pour les malheureux.

                            REBOUL.

XII. — L'Aumône.

Donnez, riches ! L'aumône est sœur de la prière,
Hélas ! quand un vieillard sur votre seuil de pierre,
Tout roidi par l'hiver, en vain tombe à genoux ;
Quand les petits enfants, les mains de froid rougies,
Ramassent sous vos pieds les miettes des orgies,
La face du Seigneur se détourne de vous.

Donnez ! afin que Dieu, qui dote les familles,
Donne à vos fils la force, et la grâce à vos filles ;
Afin que votre vigne ait toujours un doux fruit ;
Afin qu'un blé plus mûr fasse plier vos granges ;
Afin d'être meilleurs ; afin de voir les anges
    Passer dans vos rêves, la nuit.

Donnez ! il vient un jour où la terre nous laisse.
Vos aumônes là-haut vous font une richesse.
Donnez ! afin qu'on dise : « Il a pitié de nous ; »
Afin que l'indigent que glacent les tempêtes,
Que le pauvre, qui souffre à côté de vos fêtes,
Au seuil de vos palais fixe un œil moins jaloux.

Donnez ! pour être aimés du Dieu qui se fit homme,
Pour que le méchant même en s'inclinant vous
                    [nomme,
Pour que votre foyer soit calme et paternel ;
Donnez ! afin qu'un jour, à votre heure dernière,

Contre tous vos péchés, vous ayez la prière
　D'un mendiant puissant au ciel.

(Hugo.)

XIII. — Hymne de l'Enfant a son réveil.

O Père qu'adore mon père !
Toi qu'on ne nomme qu'à genoux !
Toi dont le nom terrible et doux
Fait courber le front de ma mère !

On dit que ce brillant soleil
N'est qu'un jouet de ta puissance,
Que sous tes pieds il se balance
Comme une lampe de vermeil.

On dit que c'est toi qui fais naître
Les petits oiseaux dans les champs,
Et qui donne aux petits enfants
Une âme aussi pour te connaître !

On dit que c'est toi qui produis
Les fleurs dont le jardin se pare ;
Et que, sans toi, toujours avare,
Le verger n'aurait point de fruits.

· · · · · · · · · · ·

O Dieu ! ma bouche balbutie

Ce nom, des anges redouté.
Un enfant même est écouté,
Dans le chœur qui te glorifie

. . . .

Mon Dieu donne l'onde aux fontaines,
Donne la plume aux passereaux,
Et la laine aux petits agneaux,
Et l'ombre et la rosée aux plaines.

Donne au malade la santé,
Au mendiant le pain qu'il pleure,
A l'orphelin une demeure,
Au prisonnier la liberté.

Donne une famille nombreuse
Au père qui craint le Seigneur;
Donne à moi sagesse et bonheur,
Pour que ma mère soit heureuse!

. . . .

Mets dans mon âme la justice,
Sur mes lèvres la vérité;
Qu'avec crainte et docilité
Ta parole en mon cœur mûrisse!

Et que ma voix s'élève à toi,
Comme cette douce fumée

Que balance l'urne embaumée
Dans la main d'enfants comme moi !

LAMARTINE.

XIV. — ENCORE UN HYMNE.

Encore un hymne, ô ma lyre !
Un hymne pour le Seigneur,
Un hymne dans mon délire,
Un hymne dans mon bonheur ?

Oh ! qui me prêtera le regard de l'aurore,
Les ailes de l'oiseau le vol de l'aquilon ?   [adore,
— Pourquoi ? — Pour te trouver, toi que mon âme
Toi, qui n'as ni séjour, ni symbole, ni nom !

Qu'ils sont heureux, les sons qui partent de ma lyre !
D'un son mélodieux ils s'élèvent vers toi;
Ils remontent d'eux-même au Dieu qui les inspire !
Et moi, Seigneur, et moi,
Je reste où je languis, je reste où je soupire !

Encore un hymne, ô ma lyre !
Un hymne pour le Seigneur,
Un hymne dans mon délire,
Un hymne dans mon bonheur !

Esprits qui balancez les astres sur nos têtes,
Vous qui vivez de feu comme nous vivons d'air,

Anges, qui respirez le tonnerre et l'éclair,
Soleil, foudres, rayons, cieux étoilés, tempêtes!
    Parlez, est-il où vous êtes?
    Dans tes abîmes, ô mer?

J'étais né pour briller où vous brillez vous-même,
Pour respirer là-haut ce que vous respirez,
Pour m'enivrer du jour dont vous vous enivrez,
Pour voir et réfléchir cette beauté suprême
Dont les yeux ici-bas sont en vain altérés!
Mon âme a l'œil de l'aigle, et mes fortes pensées,
Au but de leurs désirs volant comme des traits,
Chaque fois que mon sein respire, plus pressées
    Que les colombes des forêts,
Montent, montent toujours, par d'autres remplacées,
    Et ne redescendent jamais !

Les reverrai-je un jour? Mon Dieu! reviendront-elles,
Ainsi que le ramier qui traversa les flots,
M'apporter un rameau des palmes immortelles,
Et me dire : « Là-haut, est un nid pour nos ailes,
    « Une terre, un lieu de repos? »

    Encore un hymne, ô ma lyre!
    Un hymne pour le Seigneur,
    Un hymne dans mon délire,
    Un hymne dans mon bonheur!

                         LAMARTINE.

XV. — Les Enfants perdus.

La promenade n'est plus belle,
Réveille-toi, petite sœur;
C'est ton Eugène qui t'appelle.
Réveille-toi, ma douce Adèle,
Voici la nuit; j'ai froid, j'ai peur.

Viens-t'en. Que dira notre mère?
Nous serons grondés tous les deux.
Es-tu si bien sur cette terre
Qui n'a ni gazon ni fougère?
Rouvre pour moi, sœur, tes beaux yeux.

Au foyer la flamme pétille;
Si tu savais! je souffre ici.
Viens-t'en, tu seras bien gentille.
Tu m'as couvert de ta mantille,
Mais je tremble et suis tout transi.

Sœur! entends-tu donc? je frissonne;
Pourquoi ne me réponds-tu pas?
Tu dors, la neige t'environne;
Si j'étais grand, ma toute bonne,
Je t'emporterais dans mes bras.

Mais pourquoi jouer de la sorte?
Bon, je vous laisse avec les loups;

Vous vous moquez de moi, n'importe:
Je comprends, vous faites la morte;
Méchante ! je m'en vais sans vous.

Comment trouverai-je ma route?
Hélas! tout seul je me perdrais.
L'homme noir nous a vus sans doute;
Il est là peut-être, il m'écoute:
Il me prendrait, si je pleurais.

Puisque tu ne veux pas m'entendre,
Je vais me coucher près de toi.
Sans murmurer je vais attendre;
Le bon Dieu saura nous défendre;
Mais surtout ne pars pas sans moi.

— Et l'enfant, la tenant pressée,
S'endort du sommeil de sa sœur
Déjà violette et glacée.
L'instant d'après, sa voix lassée
Ne disait plus : J'ai froid! j'ai peur !

LE FLAGUAIS.

XVI. — LA FLEUR DU DÉSERT ET L'ORPHELIN.

Fleur du désert, de ta couronne
Je vois chaque bouton pâlir ;
Attends au moins, attends l'automne
    Pour te flétrir.

Pourquoi t'incliner languissante ?
Que veux-tu ? ton ciel est bien beau.
Est-ce une brise caressante ?
    Est-ce un peu d'eau ?

Comme un enfant loin de sa mère
Souffre et l'appelle par un cri,
Ta tige frêle et solitaire
    Veut un abri.

Fleur du désert, de ta couronne
Je vois chaque bouton pâlir ;
Attends au moins, attends l'automne
    Pour te flétrir.

Vois ; de pleurs mon œil est humide,
Bien jeune encor, car j'ai quinze ans,
Ici je viens, faible et timide,
    Fuir les méchants.

Jamais la bouche d'une mère
N'eut de souris pour mon matin ;

Pauvre enfant! je suis sur la terre
    Un orphelin!

Fleur du désert, de ta couronne
Je vois chaque bouton pâlir ;
Attends au moins, attends l'automne
    Pour te flétrir.

Non, non, c'est moi qu'il faut attendre :
Mourons ensemble, douce fleur,
Tes feuilles cacheront ma cendre
    Au voyageur.

CASTELLAN.

XVII. — L'ENFANT AVEUGLE.

Quel est ce je ne sais qu'on appelle lumière,
Dont je ne puis jamais espérer de jouir ?
A votre pauvre enfant dites, dites, ma mère,
La vue, est-ce bien doux ? quel en est le plaisir ?

Tout ce que vous voyez n'est pour moi que mystère,
Le soleil est brillant ! il éclaire vos pas !   [éclaire
Je sens qu'il est bien chaud ; mais, comment il
Et fait le jour, la nuit, je ne le comprends pas.

Il est jour quand je joue, et nuit quand je sommeille ;
Si je ne dormais pas, sans cesse il serait jour.

Oh ! dites, du soleil est-ce là la merveille ?
Fait-il ainsi le jour et la nuit tour à tour ?

[âge.

Je vous entends gémir, vous plaignez mon jeune
Ménagez des soupirs et des pleurs superflus :
Si la vue est un bien, j'en ignore l'usage ;
On ne peut regretter que le bien qu'on n'a plus.

Le ciel à ce que j'ai borne ma jouissance ;
Ne me dérobez point ce qu'il a mis en moi.
Je suis un pauvre enfant, aveugle de naissance,
Mais avec ma gaîté je chante, je suis roi !

CHATELAIN.

XVIII. — L'Ange et l'Enfant.

Un ange au radieux visage,
Penché sur le bord d'un berceau,
Semblait contempler son image,
Comme dans l'onde d'un ruisseau.

« Charmant enfant qui me ressemble,
« Disait-il, oh ! viens avec moi !
« Viens, nous serons heureux ensemble ;
« La terre est indigne de toi.

« Là, jamais entière allégresse ;
« L'âme y souffre de ses plaisirs.

« Les cris de joie ont leur tristesse,
« Et les voluptés leurs soupirs.

« La crainte est de toutes les fêtes ;
« Jamais un jour calme et serein
« Du choc ténébreux des tempêtes
« N'a garanti le lendemain.

« Eh quoi! le chagrin, les alarmes
« Viendraient troubler ce front si pur ;
« Et par l'amertume des larmes
« Se terniraient ces yeux d'azur ?

« Non, non, dans les champs de l'espace
« Avec moi tu vas t'envoler ;
« La Providence te fait grâce
« Des jours que tu devais couler.

« Que personne dans ta demeure
« N'obscurcisse ses vêtements,
« Qu'on accueille ta dernière heure
« Ainsi que tes premiers moments ;

« Que les fronts y soient sans nuage,
« Que rien n'y révèle un tombeau ;
« Quand on est pur comme à ton âge,
« Le dernier jour est le plus beau. »

Et secouant ses blanches ailes,
L'ange, à ces mots, prit son essor

Vers les demeures éternelles.
Pauvre mère !... ton fils est mort!

REBOUL.

XIX. — A UNE PETITE FILLE MOURANTE.

Cesse tes pleurs, pauvre petite,
Tout doucement ferme les yeux ;
Ce soir tu vas être conduite
Par un bel ange dans les cieux.

Cette grande lune argentée,
Que tu demandas tant de fois,
Et qu'au sein de l'onde agitée,
Tu voulais fixer sous tes doigts.

Tu l'auras ; le soleil encore !
De tes deux mains tu toucheras
L'or radieux qui le décore,
Plus doux à tes yeux délicats.

Les étoiles, que la nuit sombre
Allume sous un ciel serein,
Ne te cacheront plus leur nombre,
Qu'ici-bas tu cherchais en vain.

Bienheureuse enfant, qui s'envole
Dans les jardins délicieux,

Où jamais l'heure de l'école
Ne vient interrompre les jeux!

Là, chaque jour est un dimanche
Qui ramène un nouveau plaisir ;
Là, sans souiller ta robe blanche,
Tu pourras jouer et courir.

Quelle riante bienvenue!
Ta place est auprès du Seigneur ;
Mille beaux anges à ta vue
Vont s'écrier ; « C'est notre sœur! »

Et puis la mère de ta mère
Dont tu reconnais le baiser !
Et puis encor ton vieux grand-père
Et ses deux genoux pour danser !

Déjà d'une auréole sainte
Ton front, plus pâle, s'embellit,
Ainsi que cette vierge peinte
Que tu vois au chevet du lit.

Le bon Dieu te fera deux ailes
Qui porteront ton corps léger ;
Et, rivale des hirondelles,
Dans l'air tu pourras voltiger.

Oh! qu'un vol heureux te ramène
Quelquefois vers ta mère en pleurs,

Qui reste ici, malgré sa peine,
Pour nourrir tes deux jeunes sœurs !

Tu pars ! adieu pauvre petite !
Tout doucement ferme les yeux ;
Ce soir tu vas être conduite
Par un bel ange dans les cieux.

CAVÉ.

XX. — LA FEUILLE.

De ta tige détachée,
Pauvre feuille desséchée,
Où vas-tu ? — Je n'en sais rien
L'orage a brisé le chêne
Qui seul était mon soutien ;
De son inconstante haleine,
Le Zéphyre ou l'Aquilon
Depuis ce jour me promène
De la forêt à la plaine,
De la montagne au vallon.
Je vais où le vent me mène,
Sans me plaindre ou m'effrayer ;
Je vais où va toute chose,
Où vont la feuille de rose
Et la feuille de laurier.

ARNAULT, père.

XXI. — LA JEUNE FILLE MOURANTE.

Comment me délivrer de cette fièvre ardente ?
Mon sang court plus rapide, et ma main est brûlante,
Je souffre; dites-moi, je suis mal, n'est-ce pas ?
Souvent le front penché, l'œil baissé vers la terre,
Vous rêvez tristement ; puis d'un air de mystère,
     J'entends parler bien bas.

Ces larmes me l'ont dit, votre secret terrible ;
Je vais mourir. Déjà mourir ! oh ! c'est horrible !
Mon Dieu, pour fuir la mort n'est-il aucun moyen ?
Quoi ! dans un jour peut-être immobile et glacée !
Aujourd'hui l'avenir, le monde, la pensée ;
     Et puis demain, plus rien !

La robe que j'avais dans ma dernière fête
Est fraîche encor ; les nœuds rattachés sur ma tête
Ont gardé ces couleurs et ces reflets changeants
Dont j'admirais l'éclat dans une folle extase ;
Et moi, je vivrai moins que ces tissus de gaze
     Et ces légers rubans !

Moi dans un long cercueil étendue, insensible,
Morte ! Quoi ! je mourrai ? Oh ! non, c'est impossible.
Quand on a devant soi tout un long avenir,
Quand les jours sont joyeux, quand la vie est légère,
Quand on a dix-huit ans; n'est-ce pas, bonne mère ?
     On ne peut point mourir.

Je veux jouir encor de toute la nature,

De la fleur dans les prés, du ruisseau qui murmure,

Du ciel bleu, de l'oiseau chantant sur l'arbre vert;

Je veux aimer la vie, et de toute mon âme,

La voir dans le soleil briller en jets de flamme,

    La respirer dans l'air.

Le lendemain, la cloche appelait aux prières;

Des cierges éclairaient de leurs pâles lumières

La nef et l'autel saint ; quelques prêtres en deuil

Disaient le chant des morts, et, sous les voûtes som-

                      [bres,

Des vierges à genoux, blanches comme des ombres,

    Pleuraient près d'un cercueil.

                  SÉGALAS.

XXII. — L'ORPHELINE.

Au pied des saints autels j'avais prié longtemps;

Des cierges consumés la flamme vacillante,

Errant autour de moi, jetait de temps en temps,

Comme un dernier adieu, sa clarté plus brillante.

. . . .

Mon front appesanti s'inclina sur ma main,

Et, près de m'endormir, je vis dans un nuage

Des anges occupés à tracer un chemin,

Où leurs ailes laissaient un lumineux passage;
L'un d'eux me souriait, comme pour me bénir,
Puis en me soulevant doucement de la terre,
  Semblait avec mystère
M'avertir que ma vie était près de finir.

Et je sentis alors qu'avec de blanches ailes
Je parcourais dans l'air des régions nouvelles;
Des sons mélodieux me berçaient mollement;
Leurs accords inconnus parcouraient la surface
De cet azur que Dieu nomma le firmament,
Se perdaient, renaissaient, et mouraient dans l'espace !
Une clarté nouvelle alors frappa mes yeux ;
Et mon ange gardien, qui me servait de guide,
  Cessa son vol rapide...
« Où sommes-nous? lui dis-je; Il me répond : aux
         [Cieux. »

Et la vierge Marie, en m'appelant sa fille,
Me dit : « Approche, enfant, je te rends ta famille. »
Alors, je vis ma mère : elle m'ouvrait ses bras ;
Mon père souriait à ma joie enfantine ;
Des chérubins jetaient des roses sous mes pas ;
Et des voix répétaient : « Tu n'es plus orpheline! »
Soudain je crus sentir un baiser maternel ;
Sous ce premier baiser tressaillant tout entière,
  Je rouvris ma paupière...
Hélas ! j'étais encor seule au pied de l'autel !

Et voyant le bonheur fuir sans pouvoir le suivre,
Je regardais le ciel et je pleurais de vivre.

Mme WALDOR.

XXIII. — LA PRIÈRE D'UN ENFANT.

Écoutez, ô Jésus ! écoutez la prière
D'un tout petit enfant, qui pleure et qui gémit !
Il vient auprès de vous, mais il vient sans sa mère...
Sa mère, triste, hélas! est malade en son lit.
Hier, me regardant avec un doux sourire :
« Mon Paul, m'a-t-elle dit, va demain au saint lieu ;
« Car l'ange des enfants est là qui leur inspire
    « Ce qu'ils doivent dire au bon Dieu. »

. . . .

Quand le petit oiseau sur la branche sommeille,
Sa mère près de lui le garde du danger ;
Et, dès le point du jour, aussitôt qu'il s'éveille,
    Vite elle lui donne à manger,

Mais, hélas ! si l'oiseau vient à perdre sa mère,
Il l'appelle du nid, mais il l'appelle en vain !
Il rêve qu'il la voit, la nuit, tout solitaire,
Et bientôt il périt en répétant : j'ai faim.   [core,
Je suis ce pauvre oiseau... Mon Dieu!... si jeune en-
Pourrais-je travailler avec mes petits bras ?

Ayez pitié de moi, bon Jésus, que j'implore!
   Jésus, ne m'abandonnez pas!

Et des yeux de l'enfant s'échappaient quelques larmes.
Pendant qu'il suppliait à genoux le Sauveur,
Les anges souriaient à sa voix, à ses charmes,
Et le Dieu de l'enfance exauçait sa ferveur.
Il retourna moins triste à la pauvre chaumière;
Et celle qu'il aimait dit en le bénissant :
« Gloire au Dieu de bonté! gloire à la Vierge Mère!
   « Ils ont écouté mon enfant! »

DUHART-FAUVET.

XXIV. — LA GRAND'MÈRE MALADE.

Reste ici, chère enfant, regarde-moi, je pleure;
Cesse tes jeux, et viens prier, à demi-voix,
Pour ta bonne maman, le bon Dieu qui demeure
Dans les nuages bleus que tout là-haut tu vois!
Le bon Dieu t'aime bien, et ta jeune prière,
En montant jusqu'à lüi, pourra guérir ma mère,
   Ma mère qui te bénira,
   Et, le soir, t'attirant vers elle,
   Longuement te racontera
   Une histoire toujours nouvelle;
   Ma mère qui priait pour toi,
   Quand, toute petite et souffrante,

Près d'elle, te berçant sur moi,
J'endormais ta plainte mourante ;

Ma mère, que Dieu seul, vois-tu bien, peut guérir ;
Car elle se fait vieille, et sa vie est fragile
Comme le sont les fleurs que ta main fait mourir,
Lorsqu'elle les arrache à ce vase d'argile...
Tu ris, pauvre petite !... et tu ne comprends pas
La mort dans une vie où tu n'as fait qu'un pas.

.   .   .   .

Oh ! que ta joie est triste ici !
Qu'elle me fait du mal, ma fille !
Si tu ne jouais pas ainsi,
Combien tu serais plus gentille!
Je te donnerais du rosier
Chaque matin toutes les roses,
Les jolis fruits du merisier,
Et puis encor bien d'autres choses.

— Quoi ! maman, dit l'enfant, avec tout ce beau fruit,
J'aurais des fleurs, et puis d'autres choses peut-être,
Si je suis bien tranquille ! Oh ! sans faire de bruit,
Je veux toujours ouvrir la porte et la fenêtre,
Près du lit doucement marcher à petits pas.
Et, si je ris encor, ne rire que tout bas.

Et tu m'aimeras davantage,
Et tu cesseras de pleurer ;

Car le bon Dieu, si je suis sage,

Ne voudra pas nous séparer.

Tu dis qu'avec une prière

On peut empêcher de mourir;

Je vais prier pour ma grand'mère,

Et Dieu lui dira de guérir.

S'agenouillant alors, l'enfant dit sa prière,

Et Dieu, lui souriant comme sourit un père,

Dit à l'ange de mort de remonter aux cieux,

Et l'ange, s'arrêtant, fit un signe à la vie;

Elle revint plus belle et de longs jours suivie;

L'enfant recommença ses cris, son bruit joyeux;

Elle eut les merises, les roses,

Et puis encor bien d'autres choses.

Mᵐᵉ WALDOR.

XXV. — LA VEUVE DE NAÏM.

Jésus, accompagné de sa mère Marie,

S'en allait visiter les champs de Samarie;

Après avoir franchi les coteaux d'Éphraïm,

Le Fils de Dieu marcha vers l'antique Naïm,

Qu'un miracle divin rend à jamais célèbre.

Or, comme il approchait, un cortége funèbre,

Que le peuple suivait avec recueillement,

Vers l'asile des morts s'avançait lentement.
Dans la foule on voyait une femme éplorée.

. . . .

« Arrêtez, laissez-moi descendre dans sa tombe.
« Eh ! ne voyez-vous pas qu'à mon tour je succombe?...
« Où le conduisez-vous? Rendez-moi mon enfant !
« Oh ! ne l'emportez pas, sa mère le défend !
« J'ai besoin de sa main pour fermer ma paupière ;
« Attendez... c'est à moi de mourir la première ! »

. . . .

Touché de ses regrets, Jésus s'approcha d'elle.

. . . .

Cependant il commande ; on s'arrête en silence ;
La mère au même instant vers le cercueil s'élance ;
Alors Jésus lui dit : « Femme, ne pleurez pas. »
Et la veuve, aussitôt revenant sur ses pas :
« Ce mot m'a révélé votre pouvoir suprême,
« Vous êtes le Sauveur ! quel autre que Dieu même,
« Près d'un fils dont la mort vient de la séparer,
« A sa mère oserait défendre de pleurer?... »
Lui, touchant le cercueil que la foule environne :
« Jeune homme, levez-vous, dit-il, je vous l'ordonne. »

A ces mots, écartant ses longs voiles de deuil,
Le mort se lève... et reste assis dans son cercueil :
La foule, à cet aspect, s'enfuit épouvantée ;
Mais déjà dans ses bras sa mère s'est jetée ;

Elle seule de lui s'approche sans effroi,
Et sa félicité s'augmente de sa foi.
De tous les maux passés le souvenir s'efface;
Elle a revu son fils, c'est bien lui qu'elle embrasse...

O transports maternels ! oh ! comme avec amour
De la vie en ses yeux elle attend le retour !...
C'en est fait, et la mort abandonne sa proie.
« O ma mère, c'est vous, dit l'enfant plein de joie ! »
« — Grand Dieu ! s'écria-t-elle, ai-je bien entendu ?
« Quoi ! je suis mere encore, et mon fils m'est rendu !
« La mort n'a point changé ses traits, son doux sourire.
« Oh ! venez, mes amis, partager mon délire ;
« Et toi, dont le pouvoir vient de le ranimer,
« Ce que je sens, mon Dieu, je ne puis l'exprimer ;
« Mais l'excès de ma joie est ma reconnaissance. »
. . . .
Elle dit. A sa voix, les Hébreux étonnés
Vers le divin Sauveur sont bientôt ramenés.

Ainsi sur cette terre, où son père l'envoie,
Il montre le bonheur, afin que l'on y croie.
Mais son heure est venue, et dès le lendemain
De l'ingrate Sion Jésus prend le chemin...
Il marchait nuit et jour, à travers la campagne,
Et la croix l'attendait sur la sainte montagne.

DELPH. GAY.

XXVI. — LE TRÉPAS D'UN ENFANT.

Parmi les séraphins, dans les champs de l'espace,
Jeune enfant, loin des pleurs, prends ton heureux essor !
De nos jours d'ici-bas le Seigneur te fait grâce,
Et nous condamne à vivre en enviant ton sort.
Car celui qui t'appelle est le Dieu de l'enfance :
« Laissez venir à moi ces fils de mon amour ;
    « Mon royaume est pour l'innocence,
    « Et des enfants forment ma cour. »

L'ange s'est envolé ! pauvre père !... et tu pleures
Ce nouvel habitant des célestes demeures?
Et, par de vains soupirs, tu rappelles ce fils
Que le ciel te donna, que le ciel a repris?...
Ah ! cesse de pleurer : retourné dans sa sphère,
Un ange a-t-il besoin des larmes de la terre?
Dieu ne veut pas qu'on jette un funèbre linceuil [1]
Sur le jeune berceau qui se change en cercueil.
    Écoute le Dieu de l'enfance
Appeler dans ses bras le fils de son amour.....
    Son royaume est pour l'innocence,
    Ton enfant grossira sa cour.

Heureux, si, du Seigneur adorant la justice,
De ta douleur au ciel tu fais le sacrifice !

---

[1] Licence poétique.

Chaque soleil sur toi se lèvera plus beau,
Et chaque nuit, chantant les divines louanges,
Dans ces songes si doux qui descendent d'en haut,
Tu reverras ton fils passer avec les anges....

COLOMBIER.

XXVII. — ACTION DE GRACES D'UNE MÈRE DEVANT L'AUTEL DE MARIE.

Reconnaissez-vous dans la foule,
Dont le flot se presse et s'écoule,
Cette femme qui porte un enfant dans ses bras?
De sa main pend un long rosaire;
Sa bouche murmure tout bas
Cet hymne que redit l'écho du sanctuaire :
« Vierge ! je t'ai promis d'aller à ton autel,
« Du fils que tu sauvas, dans ma reconnaissance,
« Comme un léger tribut, te vouer l'innocence,
« Avant que les frimas aient attristé le ciel.
« La brebis du troupeau déjà reprend sa laine ;
« L'oiseau, pour s'abriter, fuit au bois jaunissant ;
« Regarde !... Des autans bravant la forte haleine,
« Me voilà ! voilà mon enfant !

« Que béni soit ton nom, pour un si grand miracle !
« Eh ! que peut ma faiblesse opposer en retour ?

« Oui, je le jure ici par ton saint tabernacle,

« Par ces fleurs, ces flambeaux, purs emblêmes d'a-
                                                [mour;

« Oui, quand au gai matin la nuit cède l'empire,

« Quand mon fils dans ses bras me presse en souriant,

« Qu'il soit à toi, Marie ! à toi, ce doux sourire,

    « Ce sourire de mon enfant !

« Puis, lorsque dans mes bras, avant que la nuit
                                                [vienne,

« Aidant, par des baisers, mes premières leçons,

« Je formerai sa voix, tendre écho de la mienne,

« A suivre mes accents, à répéter mes sons;

« C'est ton nom qui sera, reçois-en l'assurance,

« Ce mot qu'orgueil de mère écoute en triomphant,

« Ce mot qui vaut bien mieux qu'un trésor d'élo-
    « Le premier mot de mon enfant..... [quence,

« Enfin il grandira... Son précoce courage,

« Loin de l'œil maternel, cherchera des exploits ;

« Il poursuivra, parmi les enfants de son âge, [bois...

« Les fleurs sur la montagne et les nids dans les

« Eh bien ! quand, au retour des monts qu'aime l'au-
                                                [rore,

« Il viendra de ses fleurs m'offrir le doux présent,

« O Mère de Jésus ! je te promets encore

    « Ces premiers dons de mon enfant !

« Et tous deux, à tes pieds, nous viendrons chaque
[année,
« Quand l'automne fuira devant le sombre hiver,
« Quand les vents souffleront, quand la feuille fanée
« En tourbillon léger s'envolera dans l'air.
« Et puissé-je toujours, ô Vierge immaculée !
« T'offrir, avec les vœux d'un cœur reconnaissant,
« Comme un lis qui s'élève au fond de la vallée,
  « L'innocence de mon enfant ! »

COLOMBIER.

XXVIII. — LA JEUNE FILLE MALADE.

L'huile sainte a touché les pieds de la mourante,
     L'arrêt fatal est prononcé :
L'art n'a point de secours pour cette âme souffrante,
     Le monde pour elle a cessé.
Tout s'éloigne, tout fuit; hélas ! l'amitié même
     A l'effroi des derniers adieux
     Se dérobe en fermant les yeux.
Intrépide témoin de ce moment suprême,
La mère est seule enfin près de l'enfant qu'elle aime.
Elle s'enferme alors sous les obscurs rideaux,
Écarte loin du lit les funèbres flambeaux,
     Et, d'un œil que la foi rassure,
Regarde sans pâlir le crucifix de bois

11.

Que la vierge chrétienne a saisi dans ses doigts,
Et l'eau sainte, et le buis à la sombre verdure,
Du chevet des mourants douloureuse parure

Mais quand elle voit de plus près
Le sinistre frisson qui parcourt tous ses traits,
Et ce front d'où découle une sueur mortelle,
Et cet œil qui s'éteint : « O mon enfant, dit-elle,
« Si tu vis, je vivrai ; mais si tu meurs, je meurs.
« Déjà la tombe enferme et ton père et tes sœurs ;
« Seules, nous nous restons ; toi seule es ma famille.
« Et tu me quitterais, toi, mon sang, toi, ma fille !
« Non, tu vivras pour moi ; Dieu voudra te guérir :
« Ta mère t'aime trop, tu ne peux pas mourir.
« Je ne sais quelle voix me dit encore : Espère !
« Hélas ! pour espérer, est-il jamais trop tard ?
« Jeune âme de ma fille, oh ! suspends ton départ,
« Et, pour quitter ce monde, attends du moins ta
                                        [mère. »

Ainsi la foi l'anime et l'espoir la soutient.
Mais par quels soins touchants cet espoir s'entretient !
Elle courbe son front sur la jeune victime,
De son souffle abondant la réchauffe et l'anime,
Saisit sa froide main, d'un doigt mal assuré
Interroge le pouls dans sa marche égaré,
Joint le doux suc du miel au doux jus de l'orange,
Et dans sa bouche en feu versant ce frais mélange,

Par un breuvage heureux cherche à combattre enfin
Le brasier de la fièvre allumé dans son sein.

Et déjà, cependant, évoquant ses ténèbres,
Ses larves, ses terreurs, ses spectres menaçants
   L'agonie aux ailes funèbres
De la vierge expirante égarait tous les sens;
Et l'ange du départ sur ses lèvres muettes
Répandait de la mort les pâles violettes.

A ce spectacle affreux, le front humilié,
Prenant entre ses bras son Dieu crucifié :
« Toi seul peux la sauver, Dieu puissant ! dit la mère.
« Ce n'est qu'en ton secours maintenant que j'espère.
« Oui, sur ma pauvre enfant j'appelle tes bontés.
« Ses jours, si peu nombreux, sont-ils déjà comptés ?
« Tu vois l'affreuse lutte où se débat sa vie.
« De ce calice amer tu bus jusqu'à la lie,
« Je le sais, et ta mort fut digne encor de toi.
« Je n'ose à tes douleurs égaler ma misère;
« Mais souviens-toi des maux que dut souffrir ta
   Et tu prendras pitié de moi.   [Mère,
« La fille de Jaïr à ta voix fut sauvée;
« Tu lui dis : Levez-vous. La fille s'est levée.
« De l'éternel sommeil elle dormait pourtant :
« La mienne au moins respire et peut-être m'entend.

En prononçant ce mot, elle craint d'en trop dire,
   Et vers le lit revient soudain

S'assurer qu'en effet sa fille encor respire.

Puis sous les blancs rideaux qu'a soulevés sa main,

De la Mère du Christ apercevant l'image :

« Toi qui fus mère aussi, tu conçois mes douleurs.

« D'un hymen trop fécond voilà le dernier gage.

« De ton nom, au berceau, je dotai son jeune âge ;

« Je vouai son enfance à tes blanches couleurs.

« Ce nom, ce vêtement, m'étaient d'un doux présage,

« Et quand ma fille et moi, nous tenant par la main,

« Nous allions à l'église invoquer ta puissance,

        « Les compagnes de son enfance,

        « Voyant de loin, par le chemin,

« Et sa blanche tunique et son voile de lin,

« Se disaient : Celle-là, dans ses destins prospères,

« Aura des jours d'amour, d'innocence et de paix.

« Et moi, l'œil attaché sur ses chastes attraits,

« Je me trouvais encore heureuse entre les mères. »

Ainsi disait la mère ; et la nuit s'écoulait.

        Depuis neuf jours elle veillait.

Déjà l'aube naissante a rougi le nuage,

Le jour se lève armé de feux plus éclatants :

Le jour la voit encor devant la sainte image.

Longtemps elle y gémit, elle y pria longtemps.

Tandis qu'elle priait : « Ma mère... où donc est-elle ?

« Dit une faible voix. Oh ! viens... Je me rappelle

« Qu'un étrange sommeil a pesé sur mes yeux.

« Dieu! quel songe à la fois triste et délicieux !

« Dans mon accablement, je me sentais ravie

« Loin de notre humble terre et par delà les cieux.

« C'était un autre jour, c'était une autre vie.

« Dans ce monde nouveau, paisible, exempt de soins,

« D'étoiles et de fleurs ta fille couronnée

« Cherchait ta main pour guide et tes yeux pour té-
                                                    [moins.

« De fronts purs et joyeux j'étais environnée,

« Et mon âme pourtant ne goûtait qu'à moitié

« Ce bonheur imparfait dont j'étais étonnée.

« Ma mère... où donc est-elle? ai-je aussitôt crié,

« Et les anges en chœur vers toi m'ont ramenée. »

                                        CAMPENON.

XXIX. — POUR LA VISITE D'UN ÉVÊQUE.

Béni soit le bon Pasteur,
Qui vient au nom du Seigneur !
Livrons-nous à l'allégresse.
Enfants, que nos voix en chœur
Redisent avec ivresse :
Vive, vive Monseigneur !

I

Il sait qu'aux écueils de ce monde
Notre innocence peut sombrer ;

Que du démon la malice est profonde,
Et que pour nous tout est danger.
    Béni soit, etc.

II

Il vient dissiper nos alarmes,
Nous montrer le chemin des cieux,
Et nous donner à tous des armes;
Soyons des soldats généreux.
    Béni soit, etc.

III

Guidés par la reconnaissance,
Nous jurons tous fidélité
Au Dieu, dont votre bienfaisance
Nous retrace la charité.
    Béni soit, etc.

IV

Bénissez-nous, ô tendre Père !
Invoquez sur nous le Seigneur,
Car notre vœu le plus sincère
Est de consoler votre cœur.
    Béni soit, etc.

COMPLIMENT.

Monseigneur,

Chargé par mes condisciples (ou mes compagnes) d'offrir les hommages de tous (ou de toutes) à Votre Grandeur, j'ai besoin de me confier en sa bonté pour oser m'acquitter de cette honorable mission ; car elle est au-dessus de mes forces, et mon émotion ne trahit que trop le sentiment de ma faiblesse. Mais vous êtes le digne représentant de celui qui appelait à lui les petits enfants de la Galilée et qui les caressait avec tendresse, malgré leur ignorance et leur indignité ! J'espère donc que vous aurez la même bienveillance pour nous, et que vous daignerez agréer nos respects et nos vœux. Nous sommes heureux et fiers, Monseigneur, de pouvoir nous ranger au nombre de vos agneaux les plus dévoués. Car nous avons le bonheur, grâce à l'éducation chrétienne qui nous est donnée par nos bons maîtres (ou nos bonnes maîtresses), de connaître nos devoirs, de les aimer et de chercher à les remplir ; et, si nous n'y sommes pas toujours assez fidèles, nous avons au moins le désir de l'être davantage. Nous vous en offrons l'assurance, et, pour obtenir plus sûrement cette grâce du

Seigneur, nous vous supplions de ne point vous éloigner sans nous donner votre précieuse bénédiction.

XXX. — Pour la visite d'un Pasteur ou d'un Bienfaiteur [1].

Divine Providence,
Comblez de vos faveurs
Celui dont la présence
Fait palpiter nos cœurs.

I.

Enfants chrétiens, redoublons de tendresse ;
Avec transport fêtons notre Pasteur ; (*ou* un bien-
faiteur.)
Et célébrons par des chants d'allégresse
Ce jour si plein de joie et de bonheur :
          Divine, etc.

[1] Variantes pour une bienfaitrice, dans une école de petites filles :

3e *vers*. Celle, etc.
5e *vers*. Jeunes enfants, etc.
6e *vers*. Faisons parler aujourd'hui notre cœur.
9e *vers*. C'est notre mère, etc.
10e *vers*. Oui, de Marie elle a pour nous les traits.

II.

C'est notre père et c'est notre modèle :
Du doux Sauveur il reproduit les traits.
Son tendre amour à l'enfance fidèle
Du joug divin fait goûter les attraits.
    Divine, etc.

III

O vous, l'objet de nos chants d'allégresse,
Vous, le témoin de nos transports si doux !
Daignez sourire à notre pure ivresse,
Aux vœux ardents que nous formons pour vous.
    Divine, etc.

IV

Daigne le ciel, propice à nos prières,
Verser sur vous les plus riches bienfaits !
Que vos destins soient jusqu'au ciel prospères !
Et dans nos cœurs vivez à tout jamais !
    Divine, etc.

Pour la Fête de M. le Curé, ou d'un Prêtre
Protecteur.

Monsieur le Curé (ou l'abbé), je voudrais pouvoir, en ce beau jour, vous exprimer dignement notre respect, notre amour et notre reconnaissance pour tous les soins que vous nous avez prodigués. Votre bonté et votre dévouement pour nous ne seront jamais assez payés. Dieu seul pourra vous en récompenser dignement. Aussi le prierons-nous avec ferveur de se charger lui-même de notre dette et de répandre sur vous ses célestes bénédictions. Daignez néanmoins recevoir ces fleurs (et ces modestes présents), comme le gage de notre gratitude et de notre attachement. Nous vous offrons en même temps les vœux les plus ardents et les plus sincères pour votre bonheur. Oui, cher pasteur (ou bienfaiteur), soyez vénéré de votre troupeau, que tous les cœurs vous soient dociles, et que Dieu vous conserve longtemps à notre affection ! Nous savons que votre plus douce récompense ici-bas serait de nous voir tous servir Dieu conformément à vos instructions ; c'est pourquoi nous vous protestons avec empressement que notre ferme volonté est de suivre toujours vos pieux conseils. Nous vous conjurons donc de continuer à nous assister de votre sagesse et à prier Dieu pour nous ; car nous savons combien nous sommes faibles, et quel besoin nous avons de secours célestes. Je vous demande pour tous, en finissant, votre paternelle bénédiction.

FIN.

TABLE DES MATIÈRES.

DEUXIÈME PARTIE.

FABLES DE FLORIAN.

TROISIÈME PARTIE.

FABLES TIRÉES DE DIVERS AUTEURS.

QUATRIÈME PARTIE.

MORCEAUX DIVERS.

FIN DE LA TABLE.

Corbeil, imprimerie de Crète. —

www.ingramcontent.com/pod-product-compliance
Lightning Source LLC
Chambersburg PA
CBHW051824020726
47502CB00005B/1617